www.tredition.de

Madlen M. Bach

***

Alles andere als Stillstand

www.tredition.de

Verlag und Druck: tredition GmbH, Halenreie 40-44, 22359 Hamburg

ISBN
Paperback: 978-3-7482-4739-5
Hardcover: 978-3-7482-4740-1
e-Book: 978-3-7482-4741-8

Für alle, die mutig ihren Träumen folgen.

SACKGASSE

Es ist Zeit. Die mittlere Tochter Suse muss zum Geigen. Sie hat wieder einmal keine Lust. Sie sitzen endlich im Auto. Düsen die paar Straßen hinüber zur Musikschule. Parken. Aussteigen. Wo ist die Geige? Die Tochter hat die Geige vergessen. Absichtlich? Wie konnte ihr als Mutter das nur entgehen. Sie denkt doch sonst an alles. Sie schickt die Tochter hoch zur Stunde und verspricht schnell die Geige zu holen. Statt Auto steht ein Dreirad da. Sie wundert sich nicht. Steigt auf und saust los. Mit dem Dreirad kann sie die Abkürzung nehmen. Auch gut. Geht schneller. Sie heizt in einem Affenzahn. Der Weg ist ausgelegt mit großen Steinquadern. Das Dreirad flitzt erstaunlich glatt über die holprigen Steine. Plötzlich befindet sie sich mit ihrem Dreirad auf einem Damm Mitten in einem schnellfließenden, breiten Bach. Links und rechts tief unten klares Wasser. Es ist eigentlich eher ein Kanal. Das Wasser fließt schnell. Ist aber nicht tief.

Der Weg wird langsam immer schlechter. Sie muss runter vom Weg. Sie hält neben einem gigantischen Baum, dessen Äste über den Bach hinüber auf die andere Seite reichen. Der Weg sieht das besser aus. Das müsste klappen. Sie rückt den Ruck-

sack noch einmal zurecht, packt das Dreirad mit einer Hand und klettert auf den Baum. Es ist schwieriger als sie dachte. Mehrmals kommt sie in Schwierigkeiten und verliert fast das Gleichgewicht. Kurz vor dem letzten, dicken Ast gleitet ihr das Dreirad aus der Hand. Es stürzt in den Bach. Bleibt kurz im Wasser hängen und wird dann doch von der Strömung mitgerissen. Kollert sperrig weiter und droht immer wieder stecken zu bleiben. Es ist ihr erstaunlich gleichgültig. Sie muss irgendwie weiter. Ohne Dreirad kann sie nun mit beiden Hände klettern. Sie schafft es auf den dicken Ast. Sie setzt sich rittlings darauf. Der Ast hängt ziemlich steil nach unten und endet weit oberhalb des Weges. Enttäuscht bleibt sie sitzen. Sie sieht es ein. Es klappt nicht. So kommt sie nicht rüber. Ein Passant bleibt stehen und ruft ihr zu: „Das geht nicht, was sie da vorhaben! Sie müssen zurück!“. Blödmann. Immer diese Klugscheißer. Sie schaut zurück. Ob es ein weiteres Mal gut geht oder ob sie auf dem Rückweg abschmiert? Auf jeden Fall kann sie vergessen mit Geige rechtzeitig zurück zu sein. Eins ist klar. Sie muss zurück auf den Hauptweg. Einen anderen Weg wählen...das hier ist eine Sackgasse...

In diesem Moment schlug Kathrin die Augen auf. Was für ein Traum! Sie war ganz begeistert von dessen Klarheit und gleichzeitig traurig über den Inhalt. Ja, sie saß in einer Sackgasse. Es war absehbar. Schon länger. Ihr Lebensmodell würde irgendwann zu Problemen führen. Daraus würde irgendwann mal eine psychosomatisch oder neurotisch Kranke resultieren und gleichzeitig würden vier Menschen gefördert. Kosten für den Staat gespart. Naja, Kinderbetreuung versus Gesundheitssystem? Vielleicht doch nicht. Aber Renten generiert. Volkswirtschaftlich also tolerierbar.

Sie war 41, glücklich verheiratet, hatte drei wundervolle, gesunde Kinder, Haus, Hund, fuhr jährlich in den Urlaub und mit Freundinnen zum Wellnessen. Vollzeit Familienmanagerin, also erwerbslos. Mittlerweile aus finanziellen Gründen. Würde sie arbeiten gehen, ginge es ihnen paradoxerweise finanziell schlechter. Denn der Mann könnte nicht mehr so viel arbeiten und sie hätten mehr Auslagen für die Kinderbetreuung. Außerdem konnte sie, als Kind der 70er Jahre, es nicht mit ihrem Gewissen vereinbaren, dass ihre Kinder den ganzen Tag in einer Einrichtung zubrachten. Sie sollten genauso den Freiraum nach der Schule genießen, wie sie es aus ihrer Kindheit kannte. Wobei sie zugeben musste, dass ihre Kinder mittlerweile ihren Freiraum ziemlich isoliert ausleben mussten. Was der Geschwisterliebe nicht gerade zuträglich war.

Großeltern? Fehlanzeige. Zu weit weg. Zu alt. Aber mal ganz abgesehen von der fehlenden Möglichkeit die Großeltern einzubinden, war sie der Ansicht, dass den Großeltern eine andere wichtige Funktion jenseits vom Erziehungsauftrag zukam. Idealerweise sollten Großeltern in einer vertrauensvollen Beziehung zum Enkelkind es in seiner Entwicklung stärken, indem sie es so annahmen, wie es war. Das fiel den älteren Menschen mit der Altersweitsicht und ohne Erziehungsziel leichter. Diese Rolle konnten Großeltern allerdings nicht einnehmen, wenn sie regelmäßig ihre Enkel betreuten und damit natürlich auch erzieherische Aufgaben übernehmen mussten.

Sie war nun über zwölf Jahre schon als Vollzeit-Familienmanagerin tätig. Anfänglich war sie so sehr in diesem Job gefordert, dass kaum Raum und Zeit zum Innehalten war. Aber mittlerweile hatte sich viel verändert. Die Kinder waren älter und selbständiger geworden. Brauchten sie immer weniger. Sie kam ins Grübeln. Irgendwann würden die Kinder flügge werden und das Haus verlassen? Allein der Gedanke daran verursachte Bauchschmerzen. Sie wusste das Loslassen wichtig und richtig war. Nicht klammern. Eher liebevoll aus dem Nest werfen. Mut machen. Zuversicht ausstrahlen. Sie wusste, ihr würde das eher gelingen, wenn sie sich dann um andere Dinge kümmern konnte. Wenn ihr Leben sich nicht mehr fast ausschließlich um ihre Kinder und das Haus drehen würde. Sie musste eine neue Sache finden, die sie vereinnahmte.

Außerdem wollte sie ihren Mädchen ein Vorbild sein. Sie wünschte sich für ihre Töchter, dass sie ihr Leben vorerst ohne Familie planten. Eine gute Ausbildung machten. Einen Einstieg ins Berufsleben fanden. Immer der individuellen Spur folgend. Auf der Suche nach der eigenen Berufung. Lebenspläne testen und sich für den passendsten entscheiden. Wer weiß wie das Leben so spielte. Nicht immer fand man den richtigen Menschen für das Familienabenteuer und vielleicht würden die Zeiten sich auch ändern und es gäbe tatsächlich Lohngleichheit! Dann könnte er eine Zeitlang die Kinder betreuen und sie würde arbeiten gehen? Vielleicht würde es dann andere Arbeitszeitmodelle geben?

Und schließlich wollte sie den Mädchen beweisen, dass auch sie was beruflich reißen konnte. Dass wenn man sich Ziele gesteckt hatte und dran blieb, es sich auch lohnte. Ihre Aktivitäten zu Hause wurden von den Kindern nicht groß beachtet. Als normal hingenommen. Keineswegs als Arbeit. ‚Meine Mutter arbeitet nicht, nein‘, musste sie sich immer wieder anhören, wenn ihre Kinder von anderen Menschen gefragt wurden, was sie machte. Höchste Zeit, den Kindern mal näher zu bringen, dass Putzen, Waschen, Kochen, Einkaufen, … sehr wohl Schweiß treibende Arbeit war. Jemand musste sie erledigen. Wenn sie wieder außer Haus arbeitete, müssten alle in der Familie einen Teil der Hausarbeit übernehmen.

Da musste sie wieder an die Geschichte denken, in welcher sich ein Paar dazu entschied eine Putzfrau zu engagieren, da die Frau sich darüber ausgelassen hatte, alles bliebe an ihr hängen. Als die Frau dann sah, wieviel Geld für die Putzfrau jeden Monat drauf ging, entschloss sie sich, es doch wieder selbst zu übernehmen und das gesparte Geld für sich zu beanspruchen. Naja, das sprach jetzt nicht gerade für eine funktionierende, liebevolle Beziehung mit einer hohen Kommunikations- geschweige denn Kompromissbereitschaft. Dieser monetäre Aspekt der Geschichte brachte sie aber auf eine Idee. Wenn man nämlich all ihre Tätigkeiten als Familienmanagerin outsourcen würde und man die Kosten hierfür hochrechnen würde, dann hätte man doch einen Anhaltspunkt für den zumindest monetären Wert ihrer Tätigkeit, sozusagen das Gehalt einer Familienmanagerin. Die Haushaltshilfe müsste eine super gute Fee sein. Sie müsste nämlich so einige Kompetenzen mitbringen: Kinder betreuen, Haus putzen, Hund betreuen, Wäsche waschen, Mahlzeiten kochen, Einkaufen und Behördengänge übernehmen. 40 Stunden Vollzeit. Nachtschichten ließ sie mal außen vor. Bei dieser Qualifikation müsste man bestimmt um die Zweieinhalbtausend an Gehalt bezahlen. Des Weiteren benötigte es noch ab und zu einen Fensterreiniger und einen Gartenspezialist. Hier hörte sie auf. Zu hypothetisch. Nicht zielführend. Es war ja nicht wirklich der fehlende Erwerb von Geld der ihr zu schaffen machte, da hatte sie Glück und sie wusste es zu schätzen. Es war vielmehr die fehlende Anerkennung seitens der eigenen Familie und der Gesellschaft.

Es sprach so einiges dafür, sich doch wieder mal der Erwerbstätigkeit zu zuwenden. Mit einem Ruck setzte sie sich im Bett auf und nahm ihren stets bereitliegenden Notizblock vom Nachtisch. Sie schrieb:

Gründe _für_ wieder arbeiten gehen:
- ☑ Prävention gegen Empty Nest Feeling/ Depression
- ☑ Vorbildfunktion für Töchter
- ☑ Anerkennung
- ☑ Kinder an Haushaltsaufgaben wachsen lassen

Also raus aus der Sackgasse und auf zur Kreuzung! Aber vielleicht nicht gerade jetzt sofort. Aber Bald. Im Moment war der Preis dafür noch zu hoch. Im Moment gerade brauchten die Kinder sie noch. Der Jüngste war in der ersten Klasse und stand manchmal um halb zwölf schon fordernd in der Tür. Aber andererseits noch länger warten? Dann wäre sie Mitte Ende vierzig. Wie leicht ließe sich dann eine neue Sache finden? Sie befürchtete, dass es irgendwann zu spät war. Zu spät, weil ihr Körper und Geist irgendwann nicht mehr leistungswillig sein würden und zu spät, weil der Arbeitsmarkt und die Gesellschaft mit alten Frauen wenig anzufangen wusste. Sie notierte auf ihrem Zettel weiter:

Gründe <u>gegen</u> wieder arbeiten gehen:
- ☒ Finanzielle Einbußen (Kinderbetreuung)
- ☒ Kinder brauchen noch jemand, der zu Hause ist

Sie legte sich noch einmal hin. Sie hatte noch eine halbe Stunde eh der Wecker klingelte und sie als erste im Haus aktiv werden musste.

Der Ursprung des ganzen Dilemmas lag aber vermutlich ganz woanders. Sie musste an den Film ʼLost in Translationʻ denken. Sie war ziemlich perplex, als sie die Schauspielerin Scarlett Johansson sagen hörte: „Ich bin so Durchschnitt." Genau so ging es ihr! Von Anbeginn Durchschnitt. Nichts konnte sie richtig gut. Alles ein bisschen. Schon in der Schule war sie bloß Durchschnitt. Kam durchs Abi. Studierte. Fand mit normaler Verzögerung nach dem Studium einen Job. Hatte immer wieder eher längere Beziehungen bis sie mit Anfang Dreißig ihren Mann traf. Sogar mit dem Alter als sie ihre Kinder bekam lag sie im Durchschnitt. Na gut, sie bekam überdurchschnittlich viele Kinder. Drei. Das war genau 1,7 über dem Durchschnitt.

Und mit einem universitären Abschluss lag sie auch über dem Bildungsdurchschnitt. Und doch blieb das Gefühl nur Durchschnitt zu sein.

Egal was sie anfing. Sie war sich immer bewusst darüber, dass es zig Menschen gab, die das Gleiche besser oder mindestens gleich gut machten. Sie wusste, es war eine reine Kopfsache. Aber sie konnte es nicht abstellen und es hielt sie ihr bisheriges Leben davon ab, Dinge anzufangen oder zu einem Ende zu bringen. Sie bewunderte Menschen, die für etwas brannten. Die eine Leidenschaft hatten und sich ausschließlich dieser einen Sache widmeten. Die alles andere liegen lassen konnten. Und sich in dieser einen Sache spezialisierten und darin richtig gut wurden. Sie hatte immer mehrere Bücher auf dem Nachtisch, mehrere Projekte, die darauf warteten zu Ende geführt zu werden. Ein Interesse kam und ging wieder mit dem nächsten. Nichts konnte sie auf Dauer fesseln, so dass sie richtig erstklassig darin wurde. Sobald sie sich etwas angeeignet hatte, wurde es für sie uninteressant. Sie hatte irgendwie keinen Anspruch in dem Neuen, was sie angefangen hatte, sich weiter zu entwickeln. Es noch besser zu können oder neue Varianten auszuprobieren. Viel spannender fand sie die Beschäftigung mit etwas Neuem. Es gab so viel was sie neugierig machte und sie gerne einmal austesten oder lernen wollte. So gesehen entwickelte sie sich immer nur weiter in die Breite und nicht in die Tiefe. Sie konnte viel ein bisschen und nichts richtig gut. Gut? Gut das war das Wort ihres Lebens. Ein gutes Leben. Gute Noten. Gute Arbeitsleistung. Gut war die Schwester von nett. Naja, es war immer noch besser als schlecht zu sein. Schlimmer geht immer. Dieser Spruch war definitiv kein Trost für Durchschnittsmenschen.

Wie antwortete Bill Murray in dem Film: „Durchschnitt ist in Ordnung". Ja! Wieso will es nur nicht in ihren Kopf? Durchschnitt ist vollkommen ausreichend.

Da kam ihr wieder der Gedanke an diese Sozialwissenschaftlerin, die tatsächlich mal in einem TV-Interview meinte, die Frauen, die Kinder kriegten und nicht mehr den Einstieg in den Arbeitsprozess finden würden, wären auch meist inkompetent in ihrem Beruf. Auf diese Frauen könnte der Arbeitsmarkt auch gut verzichten. Das saß. Schlimmer ging eben doch!

Konnte das wahr sein? Sie mochte sich an einen Ausspruch während des Studiums erinnern. Sie war gerade wieder mal total frustriert über die schlechten Jobaussichten und meinte damals zu ihrer Freundin: „Und wenn ich beruflich nichts reiße, dann kriege ich halt fünf Kinder und bleibe zu Hause!". Es traf sicher zu, dass die Frauen die sich auf dem Arbeitsmarkt nicht gut behaupten konnten und daher vermutlich unzufriedener waren, eher bereit waren, eine längere familiäre Auszeit zu nehmen. Ob Inkompetenz oder einfach nur unpassende Berufssituation oder gar falscher Beruf? Worin auch immer die Unzufriedenheit gründete. Aber welche Frau wollte denn nach einer Familien-Auszeit wieder schnell in eine unbefriedigende Lebenssituation zurück? Und einen Start in eine komplett neue Berufssituation war selbst aus einer aktiven Berufstätigkeit ein schwieriges Unterfangen.

Sie war der Überzeugung, dass jeder Mensch Kompetenzen vorzuweisen hatte und jeder in der Gesellschaft einen Platz fand. Die große Herausforderung lag nur darin, das zu finden, was derjenige sehr gut konnte.

Sie rappelte sich auf. Der Wecker würde eh gleich klingeln. Sie erinnerte sich daran, dass sie als Kind, ab ihrem Zwölften Lebensjahr, immer alleine aufstehen, sich das Frühstück machen und das Haus verlassen musste. Ihre Mutter stand erst später mit ihrem Vater auf. So viel zum Thema Freiheit der 70er. Sie dachte an ihre Kinder und fand es unvorstellbar, liegen zu bleiben. Eine andere Zeit? Welchen Kindern ging es besser? Waren die Kinder heute weniger selbständig? Wurden sie heute zu sehr verwöhnt? Sie schüttelte innerlich den Kopf. Unsinn. Sie fand es damals fürchterlich, so alleine aufstehen zu müssen. Auch wenn sie einen Bruder hatte, dem sie morgens begegnete. Sie fühlte sich dennoch allein.

Diese Gedanken über ihr Leben kamen ihr meistens kurz vor dem Aufstehen. Wenn sie wach da lag. Es schlug ihr manchmal auf das Verdauungssystem. Das panische Gefühl etwas in ihrem Leben zu verpassen okkupierte ihren Darm. Es rumorte ganz schön in ihr und zwang sie oftmals vor dem Wecksignal aufzustehen. Die Sackgasse! Der körperliche Aufruf zu Aktivität? Change your life! Now! Steh auf! Werde aktiv! Dein Körper ist es schon.

Sobald sie aber im hellen Licht auf dem Klo saß, kam die Vorfreude auf den Tag und die Lust die drei, wie sie fand, gut gelungenen Kinder zu wecken. Das panische Gefühl wurde mit ihren Exkrementen weggespült. Guten Morgen Verdrängung!

Jedes einzelne Kind wurde mit einem Kuss, Streicheleinheiten und schönen Worten geweckt. Sie hoffte jeden Morgen, das würde die manchmal miesepetrige Laune der Kinder verhindern. Mit 33%ger Wahrscheinlichkeit gelang ihr dies. Sie fand sich damit ab und konzentrierte sich auf den gut gelaunten Nachwuchs. Das quengelnde, heulende Wesen wurde nur minimalistisch versorgt. Das führte allerdings meistens dazu, dass das Wesen länger als notwendig schlecht gelaunt war und damit die Nerven ausgiebig strapazierte. Manchmal sogar noch an schlechte Laune zulegte oder gar andere ansteckte. So gesehen war ein schnelles Tröstmanöver zu Beginn sinnvoller. Manchmal reichte auch eine Umarmung. Das waren die leichten Fälle. Einfacher war auch ein einzelnes Auftreten des Nachwuchses, als wenn sie geballt die Treppe runter stürmten. Denn dann wurde es schwierig bei all den Unfairnessbekundungen und Einmischungen auf die Belange des Einzelnen einzugehen.

Morgens war auch ein Vater anwesend. Dies könnte hier aber auch unerwähnt bleiben, da ihr Mann ein absoluter Morgenmuffel war und damit bei der morgendlichen Abfertigung nicht wirklich einsetzbar. Sie fand dies allerdings nicht weiter störend. Dies war nur eine der passenden Charaktereigenschaften, welche dazu beitrugen, dass diese Ehe eine glückliche war.

Sie ergänzten sich in so manchen Dingen zu einem großen Ganzen. Es war gut so, wie es war.

MEE(h)R DA DRAUSSEN?

Als alle aus dem Haus waren. Die Küche wieder in Originalzustand versetzt. Die Betten gelüftet. Der Hund ausgeführt. Stand sie eine Stunde später mit Kaffee in der Hand am Küchenfenster und betrachtete ihren engen Horizont, der an der Gartenlaube der Nachbarn endete. Sie spürte es immer öfter. Da ist noch mehr da draußen! Aber ist es Arbeit? Sie hatte noch nie von einem Menschen gehört, der auf dem Sterbebett bereut hatte, zu wenig gearbeitet zu haben. Nein. Arbeit war es nicht. Sie sehnte sich keineswegs zurück an den Büroarbeitsplatz von früher. Dieses durch und durch fremdbestimmte Leben. Was Menschen wirklich am Ende ihres Lebens bereuten, war Dinge nicht gewagt zu haben. Chance nicht genutzt zu haben. Möglichkeiten für neue Erfahrungen verstreichen lassen zu haben. Nicht genug mit Menschen in Kontakt getreten zu sein. Zu wenig mit den wichtigen Menschen in ihrem Leben Zeit verbracht zu haben.

Diese Tatsache bestätigte sie wieder in ihrem Lebensplan. Für ihre Kinder da zu sein. Sich Vollzeit um den Nachwuchs zu kümmern. Gibt es einen herausfordernderen, wichtigeren Job? Viele Akademikerinnen gaben an, sich unterfordert zu fühlen. Als ob Kinderfragen immer einfach zu beantworten wären? Als ob die komplexe Welt der Familie nicht genügend Impulse für eigenes Wachstum gäbe. Gut an manchen Tagen fehlte ihr schon die Beschäftigung mit komplexeren Sachverhalten als die Hausaufgaben eines Erstklässlers oder der kaputte Reißverschluss einer Jacke oder Schimmel im Fensterrahmen. Aber sie hatte ja genug freie Zeit sich mit intellektuell herausfordernderen Themen auseinander zu setzten. Als ob sich die Hirnwindungen nur in einem beruflicher Kontext voll entfalten könnten!

Andererseits hatte sie mal gelesen, dass zu den Risikofaktoren für Alzheimer neben fehlendem Gehirntraining unter anderem fehlende soziale Kontakte zählten. Und das war nun mal etwas, dass in einem beruflichen Kontext eher gegeben war. Da musste man sich notgedrungen auf vielfältige subjektiv gefärbte Welten anderer Menschen einlassen. Das trainierte garantiert die Hirnwindungen. Als Vollzeit Familienmanagerin fehlte ihr das tatsächlich. Diesbezüglich lebte sie in einer eher harmonischen ‚Arbeitsatmosphäre‘. Ihre sozialen Kontakte waren alle selbst gewählt und natürlich weitestgehend kongruent mit ihren Wertvorstellungen. Das würde sich bestimmt mit drei Pubertierenden im Hause noch ändern. Aber so weit war es ja noch nicht. Bezüglich der Quantität der sozialen Kontakte konnte sie ebenfalls nicht mit den Erwerbstätigen mithalten. Mit Freundinnen traf man sich nun mal nicht täglich.

Kürzlich las sie, dass über 32% der Väter und 19% der Mütter [1] gerne mehr Zeit mit ihren Kindern verbringen würden. Sie war erleichtert, dass das so war und gleichzeitig traurig, dass diese Eltern es nicht einfach wagten. Die Gesellschaft gaukelte den Menschen vor, sie müssten unbedingt schnell nach der Familiengründung arbeiten gehen. Sie würden sonst etwas verpassen. Ihre Karrieren leiden. Sie würden unwiederbringlich etwas verlieren. Aber das einzige was man verlor, war die Teil-

---

[1] Vgl. Studie "Zeitverwendung in Deutschland 2012/2013" des Bundesamtes für Statistik

habe an der Entwicklung der eigenen Kinder. Die für sie bisher spannendste Zeit in ihrem Leben. Wie schnell gingen diese ihre eigenen Wege. Wie schnell war diese bedingungslose Liebe zu Ende und wurde im besten aller Fälle abgelöst von einer lebenslangen liebevollen Beziehung.

Sie bereute kein einziges Jahr, welches sie bei ihren Kindern verbrachte und ihnen dabei beim Wachsen zu sehen durfte. Sie empfand es als Glück, als Lottogewinn. Ihr Mann ging gerne arbeiten und sein Gehalt reichte fürs Leben. Er schien seine Bestimmung gefunden zu haben. Ihre Rolle als Vollzeit Familienmanagerin wollte er nie einnehmen. Er war der Meinung, er hätte zu wenig Geduld. Ohne Arbeit würde ihm etwas fehlen. Fehlen oder mehr kriegen? Sie hatte nicht das Gefühl, dass ihr etwas fehlte. Es war mehr ein Gefühl, dass da noch mehr war. Dass das Leben noch mehr zu bieten hatte. Und dass sie etwas Großartiges verpassen würde, wenn sie die Chance nicht ergriff, es zu finden.

Vor ihr lag der Spiegel-Bestseller mit der Aufschrift ‚Das Café am Rande der Welt‘ von John Strelecky. Ein Buch über den Sinn des Lebens. Es war nicht das erste dieser Art, das ihr in die Hände fiel. Und wieder mal war es ein Wirtschaftsmanager, der ausgestiegen war aus seinem Hamsterrad und bei einer Reise eine Erleuchtung erlebte. Danach hörte er angeblich auf zu arbeiten und gab Seminare, damit andere auch erleuchtet wurden. Ob das nun seine Berufung war? Seminarleiter?

In dem Buch stand erstaunlicherweise genau das, was sie eh schon länger fühlte. Finde den Zweck deiner Existenz. Hieß es darin. Wieso Warten bis man in Rente ging, um dann das zu tun, was man immer schon tun wollte? Wieso nicht jetzt das tun, was man schon immer tun wollte? Finde das was dir Freude bereitet, was dich bereichert, begeistert, zufrieden macht. Das ist dann auch das, was du gut kannst und von dem du leben kannst. Von dem du nicht genug kriegen kannst. So dass du dies mit großem Engagement machst und darin richtig gut wirst. Und da war es wieder! Die Spezialisten. Die Überflieger.

Das war nichts für Durchschnittsmenschen mit vielen Interessen, wie sie es war. Für sie gab es nicht eine ausschließlich erfüllende Tätigkeit. Ja, es machte ihr Spaß den Garten zu gestalten, aber auf Dauer als Gartenarchitektin zu arbeiten wäre nichts. Ja, sie liebte es mit ihren Kindern Spiele zu erfinden, aber als Spieleerfinderin arbeiten? Da würden ihr irgendwann die Ideen ausgehen. Sie liebte es mit den Kindern Zeit zu verbringen, aber als Tagesmutter zu arbeiten käme nie in Frage. Die Erziehungsfehler der anderen ausbaden? Nein, Danke. Sie malte gerne, neuerdings auch mit Öl. Die Bilder waren nicht schlecht. Aber als Künstlerin sich einen Namen zu machen, dafür fehlte ihr die Übung, die Ausdauer und die Zuversicht. Und dann waren da ja wieder die anderen, die das schon so lange machten und umso viel besser waren. Sie reiste gerne, aber deswegen Reiseveranstalterin werden? Wobei das Reisen bei ihrer Suche nach dem Mehr eine interessante Bedeutung zukam. Richtig lebendig fühlte sie sich stets, wenn sie auf Reisen war. Wenn der ganze Alltag, die ganzen Besitztümer, der Fernseher, sie nicht vom Leben abhielten. Sie von einem Tag zum anderen lebte und nicht über das Morgen hinaus plante. Wenn sie im Wind am Strand stand und auf die Weite des Meeres blickte. Wie klein und nichtig erschienen ihr da die ganzen Entscheidungen des Alltages. Was wollte sie mehr als Gesundheit, wichtige Menschen um sich und finanzielle Sorglosigkeit? Und gleichzeitig kam auch immer das angenehmen Gefühl auf ‚du kannst alles, wenn du es nur willst! Alles ist möglich! Du bist so klein und nichtig in deiner Existenz, wenn was schief geht, dreht sich die Welt weiter'. In solchen Momenten hatte sie das Gefühl, kurz davor zu sein, zu erkennen, welchen Weg sie gehen sollte. Was das Mehr in ihrem Leben war. Sie kam dann meistens sehr motiviert aus dem Urlaub zurück. Mit dem Gefühl kurz vor der Eingebung zu sein. Sozusagen John Strelecky's Erleuchtung zu erleben und den Sinn ihrer Existenz zu finden. Das ebbte allerdings schnell ab, beziehungsweise führte zu nicht mehr als etwa zum Entrümpeln des Kellers. Manchmal führte diese Energie auch dazu, dass sie in ihrem alten Job nach Stellen in der Zeitung suchte. Nur um dann fest zu stellen, dass sie das wirklich nicht mehr fesseln konnte. Und dann kam der Alltag und sie saß wieder auf der Toilette und dachte nur daran, was an dem Tag anstand. Lebensverändernde Maßnahmen wurden vertagt. Die Luft war raus. Der Alltag hatte sie wieder. Sie müsste am Meer wohnen. Eine weitere Ausrede für das anhaltende Verweilen in der Komfortzone gemischt mit zunehmender Verdrängung der Notwendigkeit etwas in ihrem Leben umzukrempeln. Der Körper weiß schon längst, was der Kopf nicht wahrhaben wollte.

Achtsamkeit! Das neue Modewort. Sie fand kürzlich heraus, dass das was sie am Meer erlebte, einen Namen trug: Achtsamkeit. In der Konzentration auf den Moment im Hier und Jetzt, im Zulassen und wieder Loslassen von Gefühlen und Gedanken lag eine Kraft. Eine Energie, die länger anhielt. Das musste der Grund sein, wieso man ein Verweilen am Strand als wertvoll erlebte und nicht als Zeitverschwendung. Mehr noch: Das Zeitgefühl konnte einem komplett abhandenkommen. An einem leeren Strand im Herbst gab es keine anderen Reize als das Meer das gleichförmig und doch immer ein klein wenig anders auf dem Strand aufschlug und dahinter die Weite des Ozeans. Dies ermöglichte einem eine Konzentration auf sich selbst ganz ohne Guru, der einen einlullte. Und man merkte, wie man dabei ein Stück wuchs. Reifer wurde. Reicher an innerer Wahrnehmung und Erkenntnis. Und manchmal kam sogar das Gefühl auf, wenn man nur lange genug da verweilte, würde man tatsächlich eine Erleuchtung erleben. Insofern stimmte sie den beiden Autoren Bilgri und Reider zu, die in dem Buch ‚Denkanstöße 2016‘ schrieben: „Denn aus dem Nichtstreben entwickelt sich Sein, aus dem Streben Tun. Unbewusst denken wir ja vielfach, dass wir nur dann sinnvoll leben, wenn wir etwas tun beziehungsweise nach etwas streben." Nachdem sie dies gelesen hatte, fragte sie sich einmal mehr, ob dieses Sackgassen-Gefühl, dieses Gefühl etwas zu verpassen in ihrem Leben ohne Erwerbstätigkeit, ihr persönliches Gefühl war oder aber von der Gesellschaft eingeimpft. Doch dann musste sie wieder an dem Moment denken, als sie von einer Informationsveranstaltung zu einer möglichen Weiterbildung in ihrem Beruf nach Hause kam. Sie fühlte sich sehr beschwingt und voller Tatendrang. Es war die Lust auf einen Neuanfang. Ihr Sackgassen-Gefühl schien doch ihr eigenes zu sein.

Sie fummelte den Notizzettel, welchen sie beim Anziehen in ihre Hosentasche gesteckt hatte, heraus und ergänzte die Liste:

das Mehr

Gründe <u>für</u> ~~wieder arbeiten gehen~~:
- ☑ *Prävention gegen Alzheimer (soziale Kontakte)*
- ☑ *Abstellen des Gefühls etwas zu verpassen*
- ☑ *alles mitnehmen, was das Leben zu bieten hatte (Berufstätigkeit = eine der vielen Speisen auf dem Büffet des Lebens)*
- ☑ *Lust auf Neuanfang*

das Mehr

Gründe <u>gegen</u> ~~wieder arbeiten gehen~~:
- ☒ *Keiner bereut am Ende des Lebens zu wenig gearbeitet zu haben, Erleben von Sinn hängt nicht an Arbeit*

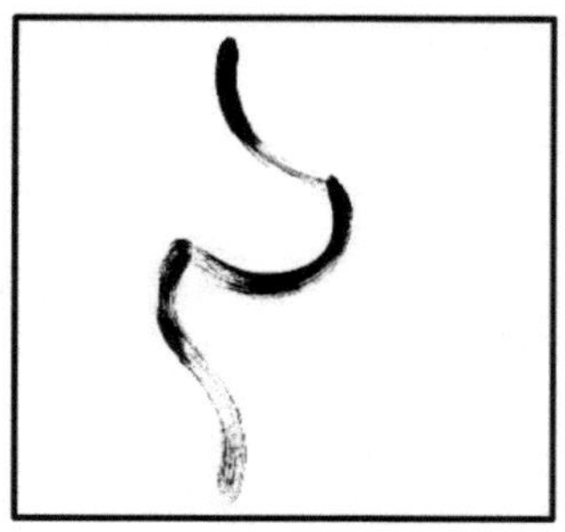

WAHRE NACKTHEIT

Noch immer stand sie am Fenster. Der Kaffee war mittlerweile leer. Sie hatte sich vorgenommen an diesem Morgen die Familienbuchhaltung zu erledigen. Arztrechnungen bezahlen, Korrespondenz mit der Krankenkasse wegen eines kieferorthopädischen Kostenvoranschlags, Reklamation eines defekten GPS Gerätes beim Online-Versandhändler, Anzahlung für den nächsten Urlaub überweisen, ... Die Liste war lang. Sie suchte die benötigten Unterlagen zusammen und räumte dabei das eine oder andere liegengebliebene Kleidungsstück oder Spielzeug an seinen Platz. Würde sie immer die Kinder dazu anhalten, würde sie vermutlich verrückt werden. So lange ihre Nerven und Geduld es erlaubten, verfolgte sie den Plan auch, die Kinder zu Selbständigkeit zu erziehen. Konsequenz und Kontinuität waren ihr wichtig. Und doch war ihr Erziehungs-Leitsatz ‚Kämpfe nur um das, was wirklich wichtig ist‘. Sie wusste, viel mehr zählte ihre Vorbildfunktion als das ständige Schimpfen und Anhalten zu den Aufräumpflichten. Ziel war es schließlich die Kinder als lebensfähige Erwachsene in die große, weite Welt zu entlassen. Also mussten sie spätestens, wenn sie ihre eigene Bude hatten, das Aufräumprinzip verstanden haben. Da war noch Luft.

Sie musste Lächeln bei der Vorstellung ihrer Kinder als Erwachsene. Sie konnte es sich nicht wirklich ausmalen und doch würde es nur noch ein paar Jahre dauern, bis das älteste Kind Pläne außerhalb der Familie schmieden würde. Dieses Jahr verreiste bereits die mittlere Tochter zum ersten Mal ohne Eltern in eine Kinderfreizeit. Die Ablösung erfolgte planmäßig peu à peu. So sollte es sein. Auch die dabei empfundene, Sekunden bis Minuten andauernde Unruhe gepaart mit einem leichten Ziehen in der Magengegend. Vorrangig nachts. Irgendwann würde sie wieder alleine da stehen. Sie als Frau. Ohne Kinder um sich. Wie angenehm waren die drei Kinder doch bei der Bewegung durch die Gesellschaft. Ihre Kinder gaben ihr eine solche Kraft mutig zu sein. Wie kitschig es klang und doch war es real. Für ihre Kinder würde sie die größte Spinne einfangen und die peinlichste Situation mit Leichtigkeit meistern. Ohne zu Zögern würde sie, um ihr Kind zu retten, sich in Fluten stürzen. Halbnackt durchs Dorf rennen um ihrem Kind in der Not beizustehen und sich dabei vermutlich an ihrer Blöße nicht einmal stören. Drei Kinder konnten das Selbstwertgefühl ganz schön aufpeppen. Aber für sich alleine? Nach so vielen Jahren mit Kindern in sich, an sich und um sich. Wieder alleine. DAS fühlte sich nackt an. Da dominierte die Vermeidungstendenz dann doch oft den Mutwillen. Sie dachte an eine geplante Zugfahrt. Vor ein paar Wochen. Es war eine Fahrt mit einem Nachtzug. Abfahrt um 23:47 Uhr ab Hauptbahnhof. Es war die zweite Fahrt dieser Art. Das erste Mal fuhr sie mit ihren Kindern. Diesmal plante sie alleine zu fahren. Wie anders fühlte es sich an!? Mit Kindern kam ihr gar nicht der Gedanke, dass das Auffinden des richtigen Abteils in einem mehrheitlich schlafenden, dunklen Zuges schwierig werden könnte. Mit Kindern war klar, dass sie ein Abteil für sich als Familie buchen würde. Wir gegen die Welt. Ein starkes, gutes Gefühl. Als alleine reisende Frau hatte sie ganz andere Gedanken. Wer schlief noch in dem Abteil? Auch wenn es ein Frauenabteil war, wie sicher war es wirklich? Es musste ja ständig unverschlossen bleiben. Sie könnte auch im Großraum-Wagen einen Sitz reservieren. Aber wie gut schlief man in einem Sitz?

Quintessenz der ganzen Gedanken war, dass sie mit einem Zug tagsüber fuhr. Die Vermeidung siegte.

Auch waren Kinder ein Bollwerk gegen unerwünschte Belästigungen. Ein Sperrzaun gegen irgendwelche Machosprüche, blöde Anmachen oder gar sexuelle Übergriffe. Kinder waren wie ein Schutzwall. Es war angenehm die ganzen letzten Jahre über als unangreifbare Mutter durch die Welt zu gehen. In keinster Weise als Sexualobjekt. Diese asexuelle Rolle lag ihr näher als die Reduzierung aufs Äußere. Die Anziehung der Geschlechter fand für sie schon immer auf subtileren Ebenen statt. Es war ein Spiel. Ein Austausch sinnhafter Gedanken in einem stets enger werdenden Beziehungsgeflecht, das seine Zeit brauchte. Sie wusste, sie war da etwas anders als die meisten ihrer Geschlechtsgenossinnen. Schon immer gewesen. Sie mochte es nicht für ihre Äußerlichkeit Komplimente zu erhalten. Ihr Kleidungsstil war dementsprechend schon immer leger und zweckorientiert gewesen. Tiefe Dekolletés oder hochhakige Pumps waren ihr zuwider genauso wie enge Kleider. Das hatte nichts mit ihrer Mutterrolle zu tun sondern mit ihrem Elternhaus. Der patriarchalische Geist der 70er Jahre hielt sie schon als Pubertierende davon ab mit ihrer Weiblichkeit natürlich umzugehen. Obwohl sie mittlerweile so einige tradierte Werte als unhaltbar auffasste und meinte losgeworden zu sein, wirkten sie fort. Wie beispielsweise die Auffassung, dass Frauen in aufreizender Kleidung selber Schuld waren, wenn sie Opfer sexueller Übergriffe wurden. Sie fand es damals als Jugendliche fürchterlich, wenn ihr Bruder und Vater lautstark die weiblichen Rundungen im Fernsehen kommentierten. Das erschwerte das Einfinden in die Frauenrolle doch ziemlich und sie fragte sich manchmal, wie wäre es gewesen, wenn ihre Mutter stärker eingewirkt hätte?

Es gab mal eine Zeit, da wollte sie keine Kinder. Sie dachte dabei vor allem an ihren unversehrten Körper und die Schmerzen. Sie war jung. Später wechselte der Fokus vom Körper zur Arbeit. Sie dachte an die aktuellen, interessanten Projekte und der Unmöglichkeit damit auch nur zeitweise zu pausieren. Irgendwann Ende Zwanzig änderte sich da etwas. Sie konnte es an nichts Bestimmten fest machen. Aber sie erinnerte sich noch gut an ein Gespräch, das sie mit einer Arbeitskollegin in der Mitarbeiterküche führte. Die Kollegin fragte sie, ob sie denn einmal Kinder haben wolle. Sie antwortete damals, sie denke schon, da es ja DER Sinn des Lebens sei: Leben weiter zu geben. Sie hätte sich vorgestellt, wie es als Siebzigjährige sein würde, wenn sie ein Leben ohne Kinder gewählt hätte. Sie kam zum Schluss, dass sie es als alte Frau bereuen würde und sich sehr einsam fühlen würde. Erst später hatte sie erfahren, dass diese Kollegin damals gar keine Kinder bekommen konnte. Hätte sie mit dem Wissen anders geantwortet? Vermutlich nicht. Taktgefühl war noch nie ihre Stärke. Aber vermutlich hätte sie ihre Antwort knapper gehalten.

Die Entscheidung ein Kind zu kriegen und zu Hause zu bleiben war einschneidend. Um nicht zu sagen höchst kritisch. Sie hatte mit depressivem Gedankengut zu kämpfen. Alles war so total anders als es mal war. Als ihr Leben davor. Alleine schon der Schlafmangel und die Taktung des Alltags! Erst nach der Umstellung ihrer Lebenseinstellung kam etwas Entspannung auf. Wie hieß es doch so schön: Das Leben ist ein Fluss. Wer hat behauptet, alles müsse gleich bleiben? So einige Einstellungen und Gewohnheiten musste sie zugunsten passendere über Bord werfen. Das war ein schmerzhafter Prozess. Eine der Einstellungen die sie änderte, bezog sich auf die Definition von Arbeit. Sie löste die Verknüpfung zwischen bezahlte Arbeit und Sinnhaftigkeit im Leben. Das große Leid der Langzeitarbeitslosen bestand, ihrer Meinung nach, im gesellschaftlichen Verständnis von Lebenssinn. Nur wer bezahlter Arbeit nachging, hatte das Recht Teil der Gesellschaft zu sein. Geachtet und respektiert zu werden. Am Wertsteigerungsprozess teilzunehmen. Zu Konsumieren und Kultur zu erleben. Die Menschheit hatte so viel erreicht. Sie fand, es wurde Zeit für ein Umdenken.

Auf einem Familienausflug ins Bergische Land, las sie einmal auf einer Infotafel eines Steinbruchs, dass im 19. Jahrhundert für den Abbau von Grauwacke 1200 Menschen beschäftigt wurden. Von denen die meisten nicht älter als 45 Jahre wurden!? Weiter stand da, dass diese Arbeit heute von rund 100 Menschen erledigt wurde. Ging man davon aus, dass vorrangig Männer dieser Arbeit nachgingen, dann konnte man von einer aktuellen Lebenserwartung von 78 Jahren[2] ausgehen. Diese Einsparung an Manpower durch die Industrialisierung könnte die Menschheit genießen, sich zurücklehnen und etwas weniger arbeiten. Aber stattdessen überlegten die Menschen, was man noch produzieren könnte. Was für ein Vorhaben! Menschen Dinge zu verkaufen, die eigentlich alles besaßen! Oder aber Dinge zu verkaufen, die es schon in einer großen Vielfalt auf dem Markt gab. Marketing füllte nicht umsonst einen Großteil der betriebswirtschaftlichen Bücher.

Gerade vor dem Shampoo- und Duschgel-Regal fiel ihr dieser Überfluss an Angeboten ins Auge. Eine Kaufentscheidung zu treffen war nicht einfach und vor allem keine schnelle Angelegenheit. Wo keine Notwendigkeit bestand, wurde einfach ein Bedarf geschaffen. Wer diente hier wem? An alten Zielen und Werten wurde eisern festgehalten. Damit wandelte sich Arbeit in der heutigen Gesellschaft zu einer Wertsache. Hoch im Wert, weil mittlerweile durch erfolgreichen Fortschritt zur Mangelware mutiert. Sich in der heutigen Gesellschaft als nützlich zu fühlen und einer sinnhaften Tätigkeit nach zu gehen, war ein schwieriges Unterfangen. Nicht jedem gelang dieser Schritt. Egal was man heute beruflich anstrebte, es wurde schon längst von anderen erledigt oder gab es schon längst. Das Gefühl gebraucht zu werden, war in der Arbeitswelt sehr rar. Vielleicht war es das! Die Mütter, die dauerhaft aus dem Beruf ausstiegen, hatten einfach ein zu hohes Bedürfnis gebraucht zu werden. Sinn zu erleben! Und das gab der Arbeitsmarkt einfach nicht her! Von wegen inkompetent!

Wie musste das früher gewesen sein? Ihr kam einmal zu Ohren, dass es früher, also vor dreißig oder vierzig Jahren, so

---

[2] Vgl. Statista

war, dass die Unternehmen in die Universitäten gingen, um den Nachwuchs abzuwerben. Heute musste man wochenlange, kostenlose Praktika hinter sich bringen um den Wert seiner Arbeitskraft zu steigern. Da lief etwas gehörig schief, wie sie fand.

Hin und wieder beschäftigte sie sich gedanklich mit der Theorie eines bedingungslosen Grundeinkommens für alle. Auf der Suche nach einem Platzfüller griffen es die Medien immer wieder einmal dankbar auf. Die Theorie besagte: Jeder, egal ob Kind, Erwachsener oder Rentner, sollte ein festgelegtes Grundeinkommen erhalten, welches nicht an irgendwelche Bedingungen geknüpft war. Darüber hinaus würde Arbeit weiterhin entlohnt, so dass Menschen die arbeiteten, auch entsprechend mehr Geld zur Verfügung hätten. Sie war sich sicher, ein tiefgreifender Wandel würde sich zeigen. Dies würde sowohl den Arbeitsmarkt, das Wirtschaftssystem, das Soziale Sicherungssystem und schließlich das Zusammenleben grundsätzlich verändern. Die Existenzangst würde aus dem Gefühlspotpourri des Menschen gänzlich verschwinden. Existenzsicherung wäre kein Ziel der menschlichen Entwicklung mehr. Das Ehrenamt würde verschwinden. Dies wäre bloß eine von vielen Tätigkeiten, die Menschen in ihrem neugewonnenen Freiraum nachgehen würden. Welche Kräfte und Motivationen würden dann frei werden!? Welche Kreativität könnte sich entfalten? Welche Innovationen würden entwickelt?

Sie hielt es durchaus für umsetzbar. Machbar. Dass so ein Recht auf ein bedingungsloses Grundeinkommen keine Utopie war, zeigten die weltweiten Bestrebungen dies einzuführen. Brasilien hatte beispielsweise 2004 das Recht auf ein bedingungsloses Grundeinkommen in die Verfassung aufgenommen. Die schrittweise Umsetzung gestaltete sich wohl aber eher schwierig. Bis heute erhielten nur die ärmsten Familien, allerdings erst nach der Überprüfung ihrer Bedürftigkeit, ein Grundeinkommen. Also doch nicht bedingungslos. 2016 gab es in der Schweiz eine Volksinitiative ‚für die Einführung eines bedingungslosen Grundeinkommens‘. Dabei ging es den Initiatoren vor allem darum in der Gesellschaft einen Denkprozess anzustoßen. Sie rechneten nicht wirklich mit einem Sieg. Der natürlich auch ausblieb. Aber immerhin rund ein Fünftel der Schweizer, die zur Urne gingen, stimmten für die Annahmen der Initiative. Das freute sie sehr. Sie war nicht alleine. Zur Abwechslung fand sie es mal gut, dass andere gleich tickten wie sie.

Immer wieder stieß sie auf Hinweise darauf, dass sie ihren Wunsch nach einem bedingungslosen Grundeinkommen auch mit anderen teilte. So las sie kürzlich in der Zeitung, dass Finnland Anfang 2017 ein sozialpolitisches Experiment wagte, in dem es 2000 zufällig ausgewählten Arbeitslosen für zwei Jahre ein bedingungsloses Grundeinkommen von 560 Euro zahlte[3]. Auch in Deutschland waren schon länger Bestrebungen in dieser Richtung zu beobachten. Immer wieder las sie über den Drogeriemarktgründer Götz Werner, der sich als einer der ersten in Deutschland für diese Wende des Bewusstseins einsetzte. Bei der Landtagswahl in Nordrhein-Westfalen im Mai 2017 ging sogar eine Interessensgemeinschaft pro bedingungsloses Grundeinkommen als Ein-Themen-Partei mit auf Stimmenfang. Sie erhielten allerdings nur 5279 Stimmen und damit 0,1 Prozent. Sie fand das sehr enttäuschend, wenn auch nachvollziehbar. Es gab in der Realität einfach brennendere Fragen und zu viele akute Probleme, die konkrete Lösungen erforderlich machten. Aber wie meinte Götz Werner, Utopien zu verwirklichen dauerte eben etwas länger. Sie war sich nicht sicher, ob sie wirklich funktionieren würde. Ihr Vater winkte bei dem Thema verächtlich ab und meinte, dann würde ja keiner mehr einen Finger rühren. Dann würden alle nur noch faulenzen und was wäre dann mit dem Wohlstand? Wo sollte das Geld denn herkommen, wenn alle nichts täten?

Die brennende Frage dabei war vermutlich tatsächlich, ob die Menschen dann noch arbeiten gehen würden. Sie bezweifel-

---

[3] Vlg. Bozkurt et. al

te ein wenig, dass sich dann noch jemand finden würde, der öffentliche Toiletten säubern würde oder den Müll abholen käme. Das wären dann wohl die hochdotierten Jobs. Sie musste lachen bei der Vorstellung, die Klofrau führe mit dem Porsche vor!? Aber die Arbeit würde vermutlich nur kurzfristig gut bezahlt werden, denn viele würden den gut bezahlten Job wählen wollen und damit würde sich das Gehalt wieder normalisieren.

Die fehlende Arbeitsbereitschaft der Menschen in manchen Berufsfeldern würde auf jeden Fall zu mehr Innovationen führen. Die Prozesse würden neu überdacht werden. Sinnloses abgeschafft. Wirklich Nützliches weiterentwickelt. Vermutlich würde dann endlich mal mehr an der Müllvermeidung gearbeitet. Der Supermarkt ohne Verpackung! Einen Vorreiter gab es ja schon[4]. Oder man forschte an der Erhöhung der Attraktivität öffentlicher Toiletten. Aus ihrer Sicht ein psychologisches Problem. Vielleicht würde auch weiter an der Automatisierung der Toilettensäuberung gearbeitet. Dann hätte man auch diesen unrühmlichen Job abgeschafft.

Grundsätzlich glaubte sie schon daran, dass der Mensch bei seiner Suche nach Sinnhaftigkeit bei einer produktiven Tätigkeit außer Haus landen würde und damit die Volkswirtschaft weiter erhalten bliebe. Sie fand diese Theorie noch aus einem ganz bestimmten anderen Grund wichtig und richtig: Sie müsste sich bei ihrem ‚Beruf‘ als Vollzeit-Familienmanagerin nicht von einem Mann abhängig machen. Sie hätte als Frau tatsächlich die Wahlfreiheit zwischen Berufstätigkeit und oder Familie. Die Wahlfreiheit von heute hieß doch, entweder man wählte Berufstätigkeit UND Kinder und genügt weder im einen noch im anderen Bereich seinen Ansprüchen und lief daher schlimmstenfalls mit einem steten schlechten Gewissen herum. Das gab natürlich niemand offen zu, denn dieser Lebensentwurf

---

[4] In Berlin eröffnete 2014 der erste Supermarkt ohne Verpackungen (http://original-unverpackt.de/supermarkt/)

entsprach der heutigen Norm und galt als glückliche, anstrebenswerte Lebensgestaltung einer emanzipierten Frau. Oder aber man entschied sich für die Rund um die Uhr Beschäftigung in seiner Familie und begab sich damit in eine totale finanzielle Abhängigkeit von seinem Partner. Was war das bitte für eine WahlFREIHEIT? Selbst im angeblichen Glücksfall einer Doppelbelastung erlebten die Frauen finanzielle Nachteile sowohl im aktuellen Leben wie im zukünftigen Rentnerinnendasein. Denn nach erfolgter Familiengründung und kurzer Auszeit gingen die meisten Frauen nur noch einer Teilzeittätigkeit nach. Eine musste ja schon noch die Kinder um vier abholen, die Freizeit organisieren, Kühlschrank füllen und den Haushalt erledigen. Stand heute größtenteils immer noch das Betätigungsfeld der weiblichen Bevölkerung. Ein bedingungsloses Grundeinkommen würde dem Arbeitsmarkt neue Impulse geben. Eltern müssten zumindest nicht mehr aus finanziellen Gründen beide arbeiten gehen. Sondern allein aus intrinsischer Motivation. Diese müssten erst mal Arbeitgeber mit interessanten Angeboten triggern! Die Arbeitsstellen würden notwendigerweise familienfreundlicher gestaltet werden, damit überhaupt Menschen arbeiten kämen. So ein Grundeinkommen würde somit auch auf die Situation der berufstätigen Mütter positive Auswirkungen haben.

Ein bedingungsloses Einkommen würde aber insbesondere Müttern und Vätern ermöglichen sich wirklich frei, da finanziell unabhängig, zwischen Berufstätigkeit und 24h Dienst in der Familie zu entscheiden.

Sie konnte nicht verstehen, wie sich die ganzen Frauenverbände über diese scheinbare Wahlfreiheit der Frau von heute so freuen konnten. Das war eine Mogelpackung hoch drei. Und das neue Ehegesetz war ein weiterer Schlag ins Gesicht. Das konnten sich nur Männer ausgedacht haben oder die im Entscheidungsprozess beteiligten Frauen wollten den Ex-Frauen ihrer Partner oder den ‚Hausfrauen‘ eins auswischen. Der personifizierte Neid? Natürlich musste ein Ausgleich geschaffen werden, wenn ein Partner aus familiären Gründen beruflich zurück steckte. Natürlich konnte dieser Mensch die fehlende Berufspraxis, die einherging mit finanziellen Einbußen, nicht mehr wettmachen. Es war utopisch zu denken, dass zwei Menschen eine Familie gründeten und beide weiterhin ihr Leben und ihre Rente erwirtschafteten als wären da keine Kinder. Einer musste kürzer treten. Und meistens war dies derjenige mit dem ohnehin geringeren Einkommen, also die Frau.

Und noch was sprach für das bedingungslose Grundeinkommen. Das Festhalten am alten System Ehe-bis-dass-der-Tod-euch-scheidet würde endlich entfallen. Familie heute war nicht mehr Familie wie damals. Die Gründung einer Familie und dessen Zusammenhalt war heute kein lebenslanger Prozess mehr, sondern ein Lebensabschnitt. Das Modell der Unterhaltspflicht gegenüber Kinder und Eltern war einfach überholt. Früher galt die Familie als Wirtschaftsverband. Sie war notwendig fürs Überleben. Mit der zunehmenden Individualisierung wurde ein Umdenken nötig. Gäbe es ein bedingungsloses Grundeinkommen wäre man nicht mehr in seiner Familie und seiner sozialen Schicht gefangen und könnte sich freier entfalten. Sie musste wieder mal an ihre Eltern und Schwiegereltern denken, die schon älter waren. Sie wusste in absehbarer Zeit würden Kosten für die Pflege auf sie zukommen. Dummerweise zu einer Zeit, da die Kinder noch nicht auf eigenen Beinen stehen würden. Sie schob den Gedanken weg.

Wie auch immer, sie wollte sich nicht länger über die politische Dimension ihrer Situation aufregen. Nur manchmal machte sie diese Abhängigkeit in ihrer Ehe verrückt. Abends wenn ihr Mann wieder mal länger brauchte für seinen nach Hause Weg und in ihrem Kopf Schreckensphantasien auftauchten. Sie ihn in der Notaufnahme oder gar unter einem Leichentuch sah. Dann überrollte das Ohnmachtsgefühl sogar ihre Angst um den Verlust des geliebten Menschen. Oder aber wenn in den Medien wieder einmal eine Frau mittleren Alters porträtiert wurde, die von ihrem Mann nach vielen Ehejahren verlassen wurde. Dann wurde ihr doch bewusst, dass ihre Situation eben doch kein Lottogewinn war. Sondern ein Arrangement, das nur bei gleichbleibenden Bedingungen auf Dauer funktionierte und als glücklich zu bezeichnen war.

Sie zückte wieder ihren Zettel und kritzelte weitere Punkte auf:

das Mehr

Gründe <u>für</u> ~~wieder arbeiten gehen~~:
- ☑ *Selbstwert entkoppeln von Kinder, an Neues koppeln (Prävention Empty Nest)*
- ☑ *Chance Rolle als Frau neu zu definieren, Mutterrolle etwas abgeben (Rollenvielfalt als Bereicherung)*
- ☑ *Finanzielle Unabhängigkeit*

das Mehr

Gründe <u>gegen</u> ~~wieder arbeiten gehen~~:
- ☒ *Alles wird schon erledigt oder gibt es schon, Erleben von Sinn? Gebraucht werden?*

ZWEI WELTEN

Der Kostenvoranschlag für die kieferorthopädischen Behandlung hatte sich dummerweise auf ihren Nachtisch verirrt. Auf dem Weg dahin, streifte ihr Blick den Wäschekorb. Sie seufzte. Der Deckel hob sich vielsagend. Sie entschloss sich schnell noch einen Arm voll Buntwäsche mit runter zu nehmen. Ein Hoch auf die Erfindung der Waschmaschinen und bügelfreie Kleidung. Nein. Hausarbeit war in der Tat nicht mehr die Hauptbeschäftigung als Familienmanagerin. Jeden Tag ein bisschen, an manchen Tagen gar nichts. Sie dachte an ihre Großmutter, die einmal in der Woche einen Waschtag abhielt. Dabei stand sie den ganzen Tag in der leichtüberschwemmten Küche und kochte, wrang und klopfte Wäsche für neun Personen. Unvorstellbar aus heutiger Sicht. Da war an eine Erwerbstätigkeit gar nicht zu denken. Das Haus und die Versorgung der Familie waren damals eine Hauptbeschäftigung. Und dabei beschäftigten sich die Erwachsenen gar nicht großartig mit ihrem Nachwuchs, wie dies etwa heute der Fall war. Damals saß keine Mutter spielend mit ihrem Kind im Kinderzimmer. Ganz zu schweigen von den Vätern. Und auch wurde das Kind nirgendwohin zum Instrumentalunterricht oder Sport gefahren. Dafür hatte man die Großfamilie. Große Geschwister oder andere Familienangehörige, die einem das eine oder andere beibrachten. Keine bezahlten Menschen in Institutionen.

Wie gut ging es ihr doch! Wie konnte sie denn nur unzufrieden sein? Das Gefühl haben es müsste noch etwas Mehr geben? Wo doch alles da war und alle gesund waren. Da war kein Stress oder Druck Dinge zu tun, die sie nicht wollte. Sie konnte in aller Ruhe nach dem Mehr im Leben forschen. Nun war das Suchen ohne Zeitlimit oder Druck eine Angelegenheit, die viel Selbstdisziplin erforderte. Sie befand sich mittlerweile, nach den entbehrungsreichen Babyjahren, in einer absoluten Komfortzone. Der innere Schweinehund war gut dressiert und wohlernährt. Die Suche nach dem Mehr gestaltete sich so als sporadische, zwischengeschobene Aktivität, wenn der Körper gerade wieder mal laut genug die Notwendigkeit mit morgendlicher Schlaflosigkeit und erhöhter Darmaktivität betonte.

Vielleicht fand sie es ja, bevor es zu spät war. Aber wann war es zu spät? Wenn der Kopf nicht mehr wollte. Sie dachte an ihre Schwiegermutter. Sie war an Alzheimer erkrankt. Die Erkenntnis war noch relativ frisch. Es war der Anfang. Und gerade dieser Anfang war erschreckend und stimmte nachdenklich. Es flüsterte in ihr: ‚Man hat nur ein Leben. Nutze es. Nimm alles mit, was das Leben auf dieser Erdkugel zu bieten hat! Jetzt und nicht erst später!'

Wie oft schob man etwas auf. Meinte der perfekte Augenblick würde noch kommen.

Wenn die Kinder im Kindergarten sind, dann …

Wenn die Kinder in die Schule kommen, dann …

Wenn das Haus abbezahlt ist, dann …

Wenn der Hund nicht mehr lebt, dann …

Wenn man mal in Rente ist, dann …

Aber vielleicht wollte der Kopf DANN nicht mehr? Ganz zu schweigen vom Körper. Aber das war für sie schon immer eher zweitrangig. So lange der Kopf funktionierte, konnte man sich auch mit dem Körper arrangieren. Sie war auf ihr Gehirn bezogen leicht hypochondrisch veranlagt. Seit Alzheimer in der Familie auftauchte noch stärker als zuvor. Sie verdrängte dabei die Existenz unheilbarer, letaler Erkrankungen, mit denen es sich nicht wirklich arrangieren ließ.

Ob ihre momentane Lebensphase den Übertitel Midlife Krise verdiente? So richtig kritisch fühlte es sich nicht an. Tatsache war, dass der Stresspegel der letzten Jahre kontinuierlich abgenommen hatte und sie immer mehr Zeit fand sich Gedanken zu machen. Ja, sie zog Bilanz. Und fragte sich, was wird noch kommen? Zum Glück. Damit wuchs die Chance das Mehr zu finden. Ihr Mann kannte diese Gefühle nicht. Oder sie war einfach schneller als er mit dem Einfordern von Veränderungen. Trotz hinzugekommener Doppelbelastung erlebte er in seinem Leben ziemlich viel Kontinuität. Das verhinderte vielleicht die Beschäftigung mit der persönlichen Lebensbilanz. Manchmal fragte sie ihn, was er als Rentner machen wolle. Daraufhin antwortete er, er wisse es noch nicht, es werde sich bestimmt was finden. Und sie fragte sich dann, wann er wohl mit der Suche anfangen würde? Sie befürchtete, er könnte enden wie der frischgebackene Rentner im Film ‚Papa ante Portas‘. Supermarktflyer studierte er ja jetzt schon! Gleichzeitig altern, das war eindeutig eine der Herausforderungen für Paare, die Jahrzehnte zusammen blieben.

Sie war mittlerweile in der Waschküche angekommen. Schnell durchsuchte sie die Hosentaschen nach Geldstücken oder Taschentücher. Meistens war ihre Suche ergebnislos, weswegen sie diese Kontrolle nur sporadisch machte. Doch diesmal wurde sie tatsächlich fündig. Überrascht und zugleich erleichtert zog sie eine dünne vergoldete Kette mit einem blauen Anhänger aus einer Jeans. Sie legte das Schmuckstück auf den Trockner zu den anderen Fundstücken. Sie hatte keine Ahnung, wem sie gehörte, ob Suse oder Isabelle. Sie wird sie fragen müssen. Sie stopfte gerade den Wäschehaufen in die Maschine als sie das harmonische Telefongedudel aus ihren

Gedanken riss. Schnell warf sie die Waschmaschinentür ins Schloss, drehte und drückte die entsprechenden Knöpfe für eine 40 Grad Buntwäsche und hetzte die Treppen hoch zum Apparat in der Küche. Die Schule war dran. Sie sollte ihren Sohn abholen kommen, ihm ging es nicht gut. Sie hatte es schon vermutet. Er benahm sich am Tag zuvor schon auffallend wenig frustrationstolerant. Das waren Momente, in denen sie froh war, nicht einem Arbeitgeber sagen zu müssen, dass sie jetzt ad hoc eben mal nach Hause gehen müsste und da vermutlich ein, zwei Tage verweilen würde. Diese Freiheit fühlte sich sehr gut an. Die ersten Krankentage genoss sie meistens. Mal wieder nur ein Kind wahrnehmen. Zeit zu zweit verbringen. Alles liegen lassen dürfen. Den Augenblick genießen. Kinder lebten in der Gegenwart. Ließ man sich auf die Kinderwelt ein, gelang einem dies auch. Leider kippte diese Stimmung. Spätestens am dritten Tag war es fertig mit dem Genuss. Sie fand keine Ruhe mehr. Die Gedanken an die Pflichten ließen sich nicht mehr wegschieben. Das Gefühl etwas Produktives schaffen zu wollen, störte die Ausgelassenheit. Sie wurde patzig und hatte kein Verständnis mehr für all die Krankenbedürfnisse. Vielleicht war das auch gut so. Unterstützte dies doch scheinbar den Heilungsprozess. Spätestens am Ende des dritten Tages kam beim kranken Kind meist der Wunsch auf, wieder ins Schulleben eintreten zu wollen. Zufall? Oder Ergebnis ihrer abnehmenden Geduld?

Sie warf schnell eine Jacke über, schlüpfte in ihre Schuhe, schnappte sich den Fahrradschlüssel und raus war sie. Als sie die geschäftige Hauptstraße entlang radelte, begegnete sie zahlreichen Menschen in Business Outfit. Sie sah besorgt auf ihre Armbanduhr. Der Morgen war fast schon vorüber! Wo war die Zeit geblieben?! Der erwerbstätige Bevölkerungsanteil machte sich auf den Weg zum Rudelessen beim Türken, Italiener oder Asiaten. Die zwei Welten stießen nur selten aufeinander. Ausgenommen natürlich die berufstätige Bevölkerung im Einzelhandel. Mittags kamen die Erwerbstätigen aus ihren Büros und schwärmten in die städtische Umgebung. Diese Begegnungen lösten bei ihr zwiespältige Gefühle aus. Einerseits beneidete sie diese Menschen um ihre Unbekümmertheit. Sie brauchten nur ihren Hunger zu stillen und sich um nichts weiter zu sorgen. Sie konnten sich ungestört mit anderen Erwachsenen austauschen und dabei entspannt ihre bestellten Speisen genießen. Nichts weiter. Kein Erziehungsauftrag. Keine Sorge wegen peinlichen Benehmens seitens der eigenen Kinder aufzufallen. Kein gehetztes Bestellen, Kinder unterhalten bis die Bestellung kam, Essenstauschereien und Motivation zum Probieren neuer Speisen. Kleckereien aufwischen, Ermahnungen zum Stillsitzen und ‚schön' Essen, genervtes Bezahlen mit anschließendem fluchtartigem Verlassen des Restaurants, da der Nachwuchs sich schon mutig auf den Weg gemacht hatte. Und dabei stets versuchen, gelassen zu bleiben, da den Kindern ja vermittelt werden sollte, dass Essen gehen eine meist schöne, manchmal sogar feierliche Angelegenheit war.

Andererseits wollte sie um nichts in der Welt ihr Leben mit diesen Menschen tauschen, die egal welches Wetter oder welche anderen Dinge in ihrem Leben anstanden, acht Stunden in einem geschlossenen Raum mit mehr oder weniger sinnhaften Tätigkeiten zubrachten. Die sich die Gesellschaft ihrer Mitmenschen nicht aussuchen konnten, sondern diese meist vor und daneben gesetzt bekamen. Die etliche Stunden ihrer Lebenszeit in Sitzungen und Besprechungen verbrachten, die wenig zielführend und meist in zu großer oder falscher Besetzung, dafür aber langandauernd abgehalten wurden. Das Bewusstsein dieser Welt von mehr Schein als Sein nicht mehr anzugehören, beflügelte sie und ließ sie beschwingter in die Pedalen treten.

Sie kam an der Fußgängerzone vorbei und ihr Blick streifte die Menschmenge, die sich geschäftig darauf bewegte. Es war schon traurig. Tatsächlich traf man tagsüber bis etwa sechszehn Uhr nur ältere Menschen, „Lunchbreaker" oder junge Eltern mit Babys an. Die Welt kam ihr dabei sehr einseitig vor. Ganz anders lebte es sich zu Ferienzeiten. Vor allem in den Sommerferien füllte sich der Alltag mit einer authentischen Gesellschaft, bestehend aus allen Altersgruppen. Das war Leben. Das ließ sie aufatmen. Da wurden auch mal Meinungen laut ausgetauscht, Diskussionen geführt, geschimpft, aber auch gelobt und zusammen gelacht. Wie schön wäre es doch, wenn es nicht nur ein Ferienzustand wäre, sondern normales Alltagsleben. Eine Gesellschaft, die ihre Kinder nicht tagsüber wegsperrte! Sondern mit ihnen lebte. Als bewegender, inspirierender, erfrischender Teil vom Ganzen. Die Zukunft im Alltag. Die Kinder verbrachten heute schon ab Kindergartenalter acht Stunden in einer Einrichtung. Das entsprach einem Arbeitstag! Welcher Erwachsene hätte sich das als Kind gewünscht? Und welcher Erwachsene hatte denn testweise mal acht Stunden in einem Kindergarten zugebracht? Mal abgesehen von den Erzieherinnen.

Bei der Diskussion um Gleichberechtigung und Vereinbarkeit von Familie und Beruf ging es vorrangig um die Bedürfnisse der Erwachsenen. Der Staat benötigte Rentenzahler, also wirkte er manipulativ ein mit Elterngeld und sonstigen Konzepten wie das Betreuungsgeld, nur damit sich Menschen in einer Zeit, in der nur das Individuum zählte, sich fürs Kinder kriegen entschieden. Ums Kindswohl ging es dabei nicht wirklich. Sie war sich sicher, würde man Pädagogen und Psychologen befragen, so würde keine dieser Berufsgruppe für eine flächendeckende U3 Betreuung plädieren. Es sei denn, und das war das Argument schlechthin, der Elternteil, der eine Auszeit nahm, war unzufrieden und überfordert, so dass das Kind in seiner Entwicklung in einer Einrichtung besser gefördert werden konnte als bei seinen Eltern. Doch die Mehrheit der Eltern konnte bestens für ihre Kinder sorgen.

Als sie ihr erstes Kind bekam, war es üblich drei Jahre Elternzeit zu nehmen. Dieser Luxus, dass einer zu Hause blieb, der frei über seine Zeit verfügen konnte und damit das Familienleben unheimlich entschleunigte, schien in der heutigen Zeit nicht mehr erstrebenswert zu sein. Heute nahmen sich Elternteile durchschnittlich ein Jahr Auszeit für den Nachwuchs. Einige sogar nur 4 Monate. Sie konnte das nicht ganz nachvollziehen. Wie konnte man ein so kleines Wesen nur in fremde Hände geben? Wie wichtig war doch eine eins-zu-eins Interaktion alleine für den Erwerb der Sprache!? Aber auch damit das Urvertrauen in dieses Leben wachsen konnte. Dafür brauchte es Menschen die auf die Bedürfnisse und Äußerungen eines Babys in einem angemessenen Zeitfenster reagierten. Alleine beim Wickeln passierte so viel! Das Baby erfuhr neben Körperkontakt auch einen Austausch von Mimik und Sprache. In Ruhe. Und immer die gleichen Bezugspersonen. Wie war das bloß in Betreuungseinrichtungen? Gewickelt wurde im Akkord und mit Gummihandschuhen. Die Zuneigung, die ein Baby in einer Einrichtung erfuhr, hing vom Zeitfaktor und seiner Attraktivität ab. Elternliebe war ohnegleichen bedingungslos und daher unersetzbar. Höchstens vielleicht von Großeltern. Klar nervten Kinder und forderten unheimlich viel Geduld. Es gab Tage, da könnte sie in so mancher Situation explodieren. Aber weil sie ihre Kinder liebte, folgte auf einen Streit stets eine Versöhnung. Diese Authentizität der Gefühle und Beziehungsregulierung war eine wichtige Grundlage für die emotionale Entwicklung von Kindern. Und genau diese Authentizität konnten bezahlte Erzieherinnen, die das Kind nicht bedingungslos liebten, nicht leisten. Fehler durften sich Erzieherinnen nicht leisten. Das war unprofessionell und dafür war die Beziehung zum Kind auch nicht stark genug.

Wenn sie an ihre Babyjahre zurück dachte und an den Stresslevel mit drei kleinen Kindern, fragte sie sich ohnehin wie Erzieherinnen in U3-Gruppen gleichzeitig 15 Kinder betreuen konnten. Sie kannte einige Erzieherinnen aus ihrem Bekanntenkreis und musste sich oft anhören, wie überfordert und unzufrieden diese im Alltag waren. Würde man die Erzieherinnen entscheiden lassen, gäbe es vermutlich keine U3 Betreuung. Zumindest nicht mit diesem Betreuungsschlüssel. Und nun kam ja auch noch die Idee der Inklusion zur Umsetzung. Das vereinfachte das Leben in Kitas keineswegs und führte vermutlich zu mehr Etikettierungen von Kindern als nötig. Wieviel Kinder erhielten wohl eine Diagnose, ohne diese wirklich zu ‚verdienen‘, nur damit die Einrichtung ihre Inklusionsplätze mit ‚einfachen‘ Fällen belegen konnte. Es war doch nicht abnormal, dass Kinder in ihrer Entwicklung mal ein auffälliges Verhalten zeigten. Wie etwa Tics, Klauen, Schlafprobleme, aggressives Verhalten oder Nägelkauen. Dieses Verhalten verschwand meist wie es kam. Erst wenn es über längeren Zeitraum anhielt, war es ihrer Meinung nach therapiebedürftig. Ansonsten galt es angemessen darauf zu reagieren. Keine Überreaktion oder gar etwa eine Etikettierung mit einer Diagnose. Sie musste wieder an den einen Jungen denken, der in der Schule wegen seinem störenden Verhalten isoliert wurde, indem sein Tisch vorne an die Stirnfront des Klassenzimmers neben die Tafel gestellt wurde. Blick zur Wand. Und das in der heutigen Zeit? Wussten die Pädagogen nichts Besseres als den Rückgriff auf alte Methoden. Wurde in der Ecke stehen wieder modern?

Aber diese früh fremdbetreuten Kinder kamen ja auch mit ganz anderen Bedürfnisregulationsmechanismen in die Schule. Die emotionale Entwicklung hinkte meist etwas hinterher, was den Aufbau einer Beziehung zur Lehrerperson eher erschwerte und damit den Einstieg ins schulische Lernen. Denn Lernen funktionierte in der Grundschule nur über die Beziehung zum Lehrer. Ein Grundschulkind lernte in erster Linie für den Lehrer und nicht weil es die Notwendigkeit erkannt hatte oder es so wissbegierig war, dass es immer wieder die gleichen, unspektakulären Schreibübungen machen oder seitenweise das Einmal Eins üben wollte.

Sie konnte meist sehr schnell einschätzen, ob ein Kind früh fremdbetreut worden war. Diese Kinder bewegten sich durch die Welt mit der Erwartung alle Erwachsene seien für sie zuständig und es gäbe keine Grenzen von Besitztümer. Da wurde nicht gefragt, ob man rein kommen dürfe, sondern da kam das Kind einfach durch die Tür und nahm sich die Fußballkarten, die auf dem Küchentisch lagen um sie anzuschauen. Da fragte das früh fremdbetreute Besuchskind nicht, ob es ins Elternschlafzimmer gehen oder sich alleine im Keller umschauen durfte. Es wurde einfach gemacht. Diese früh fremdbetreuten Besuchskinder konnten sich auch fordernd vor ihr aufstellen und nach Süßkram betteln, als wäre sie ihre Mutter und nicht eine fremde Erwachsene.

Manchmal fragte sie sich, was für Erwachsene das werden würden. Mittlerweile gingen rund ein Drittel der Kinder unter drei Jahren in Deutschland in eine Fremdbetreuung[5]. Die Hälfte davon verbrachten mehr als 35 Stunden pro Woche in der Einrichtung. Und dies deckte nach Umfragen noch lange nicht den Bedarf. Es war davon auszugehen, dass es in Zukunft weit mehr früh fremdbetreute Kinder geben würde. Welche Auswirkungen hatte diese Entwicklung wohl auf die zukünftige Gesellschaft? Vielleicht passte dies aber auch zu den gegenwärtigen evolutionären Veränderungen. So brachten die Kinder von heute als Digitale Natives vermutlich ganz andere Fähigkeiten mit und mussten auch andere entwickeln um in dieser vernetzten Welt klar zu kommen. Es war offensichtlich, dass ihre dreizehnjährige Tochter Isabelle besser über ihr Handy Bescheid wusste, als sie selbst. Gerade wenn in der Familie neue Geräte angeschafft oder auch nur eine neue App runtergeladen wurde, fiel die unterschiedliche Herangehensweise auf. Isabelle hatte viel schneller erfasst wie die Anwendung funktionierte. Zum Glück konnte sie ihr Wissen auch gut und bereitwillig weitervermitteln. Ein schöner Nebeneffekt: Diese Umkehr der Rollen war Balsam für die Mutter-Tochter-Beziehung. Andererseits erschwerte dies die Elternrolle wahrzunehmen und Regeln bei der Handy-Nutzung durchzusetzen. Weniger wenn es um Zeitvorgaben ging als um Regeln zu den Inhalten. Meist war sie zu misstrauisch und verbot vorschnell Apps, Internetseiten oder Spiele, die vermutlich harmlos waren. Sie nahm sich stets vor, sich mal ausführlicher mit den Inhalten zu beschäftigen, fand aber nie die Zeit. Sie wusste es war Isabelle gegenüber nicht fair. Scheinbar ging es ihrem Mann ähnlich, denn auch er beschäftigte sich eher selten mit den jugendlichen Userinhalten.

---

[5] Vgl. Bundesministerium für Familie, Senioren, Frauen und Jugend

Sie hielt kurz an um sich vier weitere Punkte zu notieren:

das Mehr

Gründe <u>für</u> ~~wieder arbeiten gehen~~:
- ☑ Jetzt Loslegen. Das Leben ist einmalig und endlich.
- ☑ Keine Reue am Ende des Lebens es nicht getan zu haben

das Mehr

Gründe <u>gegen</u> ~~wieder arbeiten gehen~~:
- ☒ Entspannte Krankentage, keine Schuldgefühle gegenüber Arbeitgeber
- ☒ Mehr Zeit/Muse für die Kinder
- ☒ Keine vergeudete Lebenszeit mit z.T. sinnlosen Tätigkeiten und Aushalten von schwierigen Arbeitsbeziehungen (Mehr Schein als Sein)

KATZE MÜSSTE MAN SEIN

Mittlerweile war sie bei der Schule angekommen. Christian saß mit Schuhen und Jacke abholbereit im Sekretariat. Er sah müde und bleich aus. Er lächelte sie kurz erleichtert an. Sie umarmte ihn mit dem einen Arm und packte mit dem anderen seinen Schulranzen. Sie verabschiedeten sich zügig und machten sich auf den Heimweg. Christian saß auf dem Fahrradsattel, während sie das Rad schob. Der Ranzen lag im Korb. Sie erkundigte sich, was ihm denn fehlte. „Der Kopf tut so weh, Mama. Es war so laut. Und mir ist so komisch im Bauch." Mehr war nicht aus ihm rauszuholen. Den Rest des Weges schwieg er, während sie ihm hin und wieder ein bisschen von ihren Urlaubsplänen erzählte. Seine Wortkargheit war ein sicheres Zeichen, dass es ihm tatsächlich nicht gut ging. Sie hoffte inständig, dass er auf dem Weg nicht brechen musste. Zu Hause angekommen, begleitete sie ihn zum Sofa. Sie deckte ihn mit der Fleecedecke zu, streichelte ihm über die Stirn und fragte: „Sag, was kann ich dir Gutes tun? Ich hole dir einen Eimer, den stelle ich hier daneben. Und dann messen wir noch Fieber", dabei hielt sie ihre Wange an seine Stirn, „hm, ja könnte sein. Soll ich dir noch einen kalten Waschlappen bringen für die Stirn?" Christian nuschelte ein „nein", drehte sich um und schloss die Augen. Sie beeilte sich den Eimer zu holen. Etwas

Schlaf tat ihm bestimmt gut und sie konnte die Zeit nutzen und doch noch die Buchhaltung machen. Fieber messen, konnte sie auch später noch. Sie legte das Thermometer bereit und ging in die Küche. Sie hatte noch anderthalb Stunden bis ihre großen Mädchen aus der Schule kamen.

Die Unterlagen lagen noch auf dem Küchentisch. Sie schob sie etwas zur Seite und klappte den Laptop auf. Während der Laptop hochfuhr, holte sie die Post rein. Meist war da nichts Überraschendes oder Schönes dabei. Rechnungen oder Werbung. Wie lange es wohl noch Briefkästen bei jedem Haushalt geben würde. Irgendwann würde alles nur noch online gehen. Eines Tages gäbe es keine Paketzusteller mehr, nur noch Packstationen zur Aufgabe und Abholung von Paketen. Sie holte einen Katalog und zwei Werbebriefe aus dem Kasten. ‚Die moderne Hausfrau‘. So titelte der Katalog. Sie hatte keine Ahnung wie dieser Versandhandel an ihre Adresse gekommen war. Der Titel war so schlecht, dass sie ihn fast wieder gut fand. Das Wort ‚Hausfrau‘ hatte echt ausgedient. Ihre Rolle hatte nichts mehr gemein mit der Hausfrau von damals. Ihr Familienmodell wurde zwar immer als konservativ angesehen, aber das entsprach nicht der Wirklichkeit. Auch diese Rolle hatte sich mit der Zeit gewandelt. Die Gesellschaft wollte es aber nicht wahrhaben. Männer, die eine Familienauszeit nahmen und zu Hause blieben, galten als fortschrittlich. Da sprach keiner von Konservatismus. Dabei war es doch die gleiche Rolle, wenn auch das andere Geschlecht. Bei Umfragen gab sie stets an, dass sie freiberuflich tätig wäre. Laut dem Einkommensteuergesetzt galt als Freiberufler, wer eine selbständig ausgeübte wissenschaftliche, künstlerische, schriftstellerische, unterrichtende oder erzieherische Tätigkeit ausübte. Es fehlte nur das Einkommen. Das Kindergeld bekam sie zwar auf ihr Konto überwiesen, aber das empfand sie nicht wirklich als gerechte Entlohnung und war vom Vater Staat ja auch nicht so gedacht. Sondern als Unterstützung für die zusätzliche finanzielle Belastung durch die Kinder. Nicht für die Tätigkeit die Kinder selber zu betreuen. Dafür war 2015 das sogenannte Betreuungsgeld gedacht. Sie fand die Idee gar nicht so schlecht, dessen Zerschlagung leider von den Politikern als Beweis ihrer parteilichen Fortschrittlichkeit herhalten musste. Sie hatte gehofft, dass bei der ganzen Diskussion um diese neue Unterstützung endlich mal eine Aufwertung ihrer Tätigkeit erfolgte und es mal endlich neben den Erwachsenenbedürfnissen auch um die Kinder geht. Wie sinnvoll wäre eine inhaltliche Auseinandersetzung mit der Rolle der sogenannten Hausfrau oder –mann gewesen? Statt der Parolen Schreierei. Von wegen ‚Ihr wollt doch nur die Frau zurück an Heim und Herd holen‘ oder ähnliches. Waren doch insgesamt 30 % der Frauen mit Kleinkinder unter drei Jahren nicht erwerbstätig. Aber leider hatte dieser Anteil der Bevölkerung keine zahlungskräftige Lobby.

Dabei ging es ihr gar nicht darum, dass Frauen zu Hause bleiben sollten, sondern dass Kinder unter drei Jahren von einem Elternteil betreut wurden. Für sie sprach einiges dafür, dass diese Form der Betreuung für die Entwicklung des Kleinkinds von Vorteil war. Ob Vater oder Mutter, war nicht von Bedeutung. Ab drei Jahren wiederum benötigte ein Kind aus ihrer Sicht soziale Kontakte zu anderen Gleichaltrigen am besten in einem Kindergarten. Ein Betreuungsgeld hätte diese Tätigkeit aufgewertet, beziehungsweise für einige Eltern erst möglich gemacht. Menschen die Regeln und Gesetze ausnutzten, gab es immer und überall. Aber meistens waren diese zum Glück in der Minderzahl.

Nichtsdestotrotz, waren ihre Kinder definitiv aus dem Kleinkindalter raus und damit ihr erzieherischer Job nicht mehr so zeitintensiv. Es gab genügend Freiräume für neue Aktivitäten. Sie würde es am Ende ihres Lebens bestimmt bereuen, wenn sie in dieser Familienphase stecken geblieben wäre.

Aber jetzt erst mal Rechnungen bezahlen. Es gab immer etwas, dass sie scheinbar erst noch erledigen musste, bevor sie sich um das große Neue kümmern konnte. Wie beispielsweise erst noch den Keller entrümpeln oder den nächsten Kindergeburtstag vorbereiten oder das Wohnzimmer streichen. Sie befürchtete, wenn sie außer Haus tätig wurde, keine Zeit mehr dafür zu haben. Als ob nur eine Sache ginge. Arbeiten außer Haus oder arbeiten im Haus. Der Tag war endlich und sie füllte ihn problemlos mit allerhand Aktivitäten. In den letzten Jahren schrumpfte der Anteil an Kindererziehung und Haushalt immer stärker. Diese Freiräume, die sich auftaten, nutzte sie vielfältig für allerhand Projekte. Sie hatte eine künstlerische Ader und testete so einiges an Techniken. Von Tiefdruck über Ölmalerei, von Bildhauerei zu Betongießerei. Auch Handwerklich fand sie immer wieder mal etwas, das sie unbedingt umsetzten musste. Wie etwa einen Wintergarten aus alten, einfach verglasten Fensterscheiben bauen. Dabei genoss sie die Teamarbeit mit ihrem Mann. Denn Handwerklich fehlte ihr als Mädchen der 70er Jahre doch so einiges an Know How. Damals bekamen die Mädchen Handarbeitsunterricht und die Jungs Werken. Heute war das anders. Heute gab es weder das eine noch das andere. Zumindest für die Gymnasiasten. Und so blieb es an den Eltern hängen, die sich dessen aber vermutlich gar nicht bewusst waren, geschweige denn Zeit dafür fanden.

Auch Handarbeitstechniken fand sie sehr spannend. Gerade die alten Techniken faszinierten sie. Wie etwa das Klöppeln. Sie hatte versucht es autodidaktisch zu erlernen. Dank Internet ging das heute noch besser als früher. Aber hier musste sie passen. Es war zu komplex. Es benötigte viel mehr Zeit und Übung um diese schöne Handarbeitskunst zu beherrschen. Und vor allem jemand, der ihr Tipps gab. Der Tag hatte einfach zu wenig Stunden um all das zu erlernen, was sie spannend fand und sie war leider auch nicht gerade mit der Geduld gesegnet, die es dazu meist benötigte.

Und nun sagte ihr Unterbewusstsein, es wäre Zeit für etwas Neues. Alles was war, reichte scheinbar nicht mehr. Das Mehr musste gesucht und gefunden werden. Aber dafür musste sie ein Großteil des Alten lassen. All die Projekte. Ohne sie dabei alle zu einem Ende zu führen. Wieder einmal fand sie: *Das Leben war einfach zu kurz.* Wie gerne wäre sie eine Katze mit neun Leben! Dann würde sie in einem der Leben Bäuerin werden und mindestens vier Kinder kriegen. In einem anderen würde sie kinderlos in wilder Ehe als freischaffende Künstlerin leben. In einem weiteren würde sie Meeresbiologin werden, mit Greenpeace die Ozeane retten und direkt am Meer leben. Oder aber freischaffende Künstlerin, am Meer lebend, verheiratet, ein Kind? In einem nächsten würde sie Medizin studieren und Ärzte ohne Grenzen unterstützen. In einem nächsten würde sie einen handwerklichen Beruf ergreifen und dann mit Bully oder Segelboot um die Welt reisen. In einem weiteren würde sie Politik studieren und gut bezahlt in Dienst der Gesellschaft treten. Und in einem nächsten würde sie in die Forschung gehen und als Entdeckerin in einem Labor arbeiten. Oder aber als Freeclimberin, kinderlos Diashows abhalten und mit der Kohle den nächsten Berg in Angriff nehmen. Es war nicht einfach alles in ein einziges Leben zu integrieren. Da stellte sich doch die Frage: Wieviel davon lebte sie eigentlich im Moment wirklich?

Mit Wehmut las sie manchmal von Profi-Kletterern oder Weltumseglern. Aus lauter alles ein bisschen machen wollen, verlor sie sich in der Mittelmäßigkeit. Und manchmal kam es ihr vor wie ein Stillstand. Ein gefühlter Stillstand, kein Erlebter. Denn mit Kindern ist man jeden Tag in Bewegung. Aber die ständige Wiederholung der scheinbar immer gleichen Tätigkeiten wie Kochen, Putzen, Ermahnen, Konsequenz beim Festhalten an einmal festgelegten Regeln und so weiter, suggerierte nicht gerade geistige Bewegung. Der Alltag ändert sich nur sachte mit dem Alter der Kinder. Kinder mochten Regelmäßigkeiten und feste Rituale. Ihr Alltag provozierte eher ein ‚täglich grüßt das Murmeltier'- Gefühl. Am stärksten überkam sie dieses Gefühl beim Geschirrspüler ausräumen. Bei fünf Personen füllte sich der Geschirrspüler täglich, so dass er meist abends lief und morgens als erstes ausgeräumt werden musste. Sie kam sich vor wie Sisyphus der Moderne. Da halfen auch die vielen Projekte und Gedankenflüge nicht.

Mut. Vielleicht war es der Mut, der ihr fehlte um sich für eine Sache komplett zu entscheiden und alles andere beiseite

liegen zu lassen. War sie wirklich vielseitig interessiert oder
doch nur zu feige sich für eine Sache zu entscheiden. Hatte sie
vielleicht Angst in dieser einen Sache zu versagen? Wie konnte
ein Weltumsegler sicher sein, dass er durch seine Wahl ‚ausschließlich Segeln‘ nicht etwas anderes Bedeutsames in seinem
Leben verpasste? Was hielt sie davon ab, einer Sache ausschließlich nachzugehen? Vielleicht sollte sie diese Frage einmal einem Psychologen stellen. Sie rückte die Unterlagen zurecht und versuchte sich auf die anstehenden Banktransaktionen
zu konzentrieren. Bald musste sie noch einmal nach Christian
schauen und dann war es auch schon Zeit fürs Mittagessen.
Vorher notierte sie aber noch schnell:

das Mehr

Gründe <u>gegen</u> ~~wieder arbeiten gehen~~:
  ☒ Sich für eine Sache entscheiden müssen, vergangene und zukünftige Interessen aus Zeitgründen lassen

EINER VON 80 MILLIONEN

Mit einem zufriedenen Gefühl etwas zu Ende geführt zu haben, klappte sie den Laptop zu, versorgte die Unterlagen im Regal und schaute nach Christian. Er schlief immer noch tief und fest. Feine Schweißperlen hatten sich auf seiner Oberlippe angesammelt. Sie lockerte etwas die Fleecedecke und strich ein paar schweißverklebte Haarsträhnen aus seiner Stirn. Es schien ihn richtig erwischt zu haben. Sie blieb noch etwas sitzen und genoss den Anblick ihres schlafenden Sohnes. Wie schnell die Zeit verging. Eben noch im Kindergarten und nun schon in der Schule.

Als sie mit Christian schwanger war, hatte sie eigentlich den Plan gefasst, sobald er in den Kindergarten kam, sich wieder um einen Einstieg ins Arbeitsleben zu kümmern. Wie kam es eigentlich, dass sie den Zeitpunkt verpasst hatte? Sie ließ abermals das Gedankenspiel von damals in ihrem Kopfkino laufen. Was wäre wenn... sie stellte sich vor, sie hätte einen Teilzeitjob. Nur morgens. Das war zwar nicht sehr realistisch, aber ihr Gedankenspiel würde bei vorgestellten vollen Arbeitstagen direkt enden. Sie würde sich morgens abhetzen, die Kinder in die Schule scheuchen und den Jüngsten in den Kindergarten kutschieren. Danach auf die Arbeit. Mittags auf dem Heimweg

Kindergarten anfahren, Einkaufen, Kochen, Schulkinder in Empfang nehmen. Haushalt. Hausaufgaben. Kinder beaufsichtigen wie gehabt. In den Schulferien...in den Schulferien? Anders. Schulkinder im Ganztag anmelden. Weniger Hetze, dafür weniger Zeit mit Kinder und Kinder mehr Zeit in einer Einrichtung. Erschwerte Organisation der Freizeitaktivitäten. Und es müssten immer noch mindestens fünf Wochen plus Feiertage überbrückt werden. Der Jüngste müsste dann auch direkt bei Schuleintritt in den Ganztag. Der Ganztag und die Ferienbetreuung würden mehr Kosten verursachen und sie hätten weniger gemeinsame Familienurlaubszeit, die sie dann vermehrt zu Hause verbringen müssten, da die Ausgaben für die Kinder höher wären. Ihr Einkommen vom Teilzeitjob würden diese Ausgaben vermutlich etwas ausgleichen. Im Haushalt würde einiges liegenbleiben, da dies nur noch in der Freizeit erledigt werden könnte. Wenn die Kinder erkrankten, was sie meistens hintereinander taten, so dass meist mehr als eine Woche zusammen kam, müsste sie ihren Arbeitgeber um freie Tage bitten. Sie würde sich mit ihrem Mann nur noch abklatschen, damit jeder sein Programm schaffte. Und da endete ihr Gedankenspiel. Wie gut musste ein Job sein, um diesen Preis zahlen zu wollen? Wenn es aber so viele Frauen doch in Kauf nahmen, musste denn da nicht etwas dran sein? Diese Frauen erzählten oft, dass es ihnen zu Hause auf Dauer nicht gut ginge. Sie bräuchten andere Menschen und Aufgaben. Die Arbeit würde ihnen viel geben. Unter anderem Kraft und auch mal Abstand von der Familie. Das klang schon verlockend. Wenn auch sie manchmal den Eindruck hatte, dass dies hobbylose Frauen sein mussten. Langeweile schob sie nie zu hause. Nur den Abstand, den hätte sie manchmal gerne. Und vielleicht mehr Kontakt mit Menschen. Erwachsenen. Aber war es das wert? Diesen Stress in Kauf zu nehmen? Und dafür ihre Autarkie aufgeben? Würde man nicht auch viel verpassen? Und dabei dachte sie nicht nur an die Entwicklung und Belange der Kinder. Sondern auch an ihre Partnerschaft und ihre individuellen Bedürfnisse.

Es gab Tage, da genoss sie ihre Freiheiten. Beispielsweise wenn sie mit dem Auto unterwegs war und dabei eine Blick auf die volle Autobahn erhaschte. Ein Meer aus Bremslichtern. Trotz Ausbau auf vier Spuren war die Autobahn dem Verkehrsaufkommen nicht gewachsen. Jeden Tag aufs Neue stellten sich Menschen mit ihren Autos da rein. Jeden Tag aufs Neue kollabierte hier der Verkehr und keinen schien es weiter zu kümmern. Die Menschen saßen es aus. Irgendwann würden die Menschen aus lauter Staus ihr Ziel einfach nicht mehr erreichen und müssten wie bei plötzlichen Wintereinbrüchen durch den ADAC versorgt werden. Irgendwann würden die Autos Stoßstange an Stoßstange alle Straßen besetzten und ein Auto würde sich nur bewegen, wenn ein anderes ein Meter vorfahren würde. Wie bei dem altbekannten Schiebespiel, bei den man die Zahlen in die richtige Reihenfolge bringen musste.

Selbst zu entscheiden, wann sie mit dem Auto welche Strecke fuhr, erschien banal, aber es gab ihr das gute Gefühl keine Lebenszeit zu vergeuden. Genauso verhielt es sich mit notwendigen Gängen zu Baumärkten oder Supermärkten. Wenn man dies morgens erledigen konnte, sparte man unheimlich viel Lebenszeit, die man sinnvoll nutzen konnte, statt in einer Menschenmenge wartend.

Sie blickte zurück auf fast mehr als zwölf Jahre freie Verfügung über die eigene Zeit, wenn auch mit anfänglichen Einschränkungen. Ein Säugling ließ wenige um nicht zu sagen kaum zeitliche Alternativen zu. Sie konnte sich nicht vorstellen, dass es ihr leicht fallen würde, dies aufzugeben.

Sie machte sich daran Kartoffeln zu schälen. Bratkartoffeln mit Frikadellen und Möhren stand heute auf dem Plan. Ein Essen, das seitens der Kinder auf wenig Kritik stieß. Von Zeit zu Zeit brauchte sie das. Meistens ging es zu Tisch sehr unharmonisch zu. Irgendwie war bei der Erziehung zu anständigen Tischmanieren etwas schief gelaufen. Ihre Kinder konnten keine ganze Mahlzeitlänge mit Besteck essen, geschweige denn sitzen bleiben. Sie schienen in ihren Köpfen abgespeichert zu haben, dass Essen gut schmecken müsste, sonst könnte man es nicht essen. Dass Essen auch einfach Ernährung war, schien sie nicht erfolgreich vermittelt zu haben. Das Lustvolle am Essen lag ihr so am Herzen und das war nun herausgekommen. Sie hatte sich mittlerweile damit abgefunden. Sie setzte Hoffnungen in die spätere Entwicklung zum Erwachsenen. Irgendwann wird Einsicht einkehren, spätestens wenn die Kinder sich selber ernähren mussten. Oder aber wenn sie sich mit einem anderen Menschen in einer Partnerschaft auseinandersetzen mussten.

Sie dachte an ihre Partnerschaft. Einer von 80 Millionen. So hieß es doch in diesem einen Liebeslied, das im Radio rauf und runter gespielt wurde und zur EM mit etwas anderem Wortlaut weiter die Ohren massierte. Sie war ja eigentlich der Überzeugung, dass es mehrere von 80 Millionen gab, die zu einem passten. Und doch war sie immer wieder verwundert, dass sie ein solch annähernd ideales Exemplar an ihrer Seite vorfand. Ihr Kennenlernen war purer Zufall. Sie hätten sich auch verpassen können und sich dann vermutlich nie getroffen. Ihr Leben wäre komplett anders verlaufen.

Es war Karneval in Köln. Eine Freundin hatte sie in eine ‚Veedelskneipe‘ mit geschleppt, die sie nicht kannte. Ein Tipp eines Arbeitskollegen. In dieser Stadt ging man nicht so schnell in einem anderen Stadtviertel aus. Das glich einer Reise in die Nachbarstadt. Sie beide waren als wandelnde Spielkarten à la Alice im Wunderland unterwegs. Er mit einer Horde Piraten. Man kam ins Gespräch und der Rest ergab sich. Natürlich lernte man Karneval sehr viele Menschen kennen. Aber bei ihm war es anders.

Sie hatte zu der Zeit so einige längere und kürzere Beziehungen hinter sich. Mit zunehmenden Alter waren ihr andere Dinge wichtig. Die Erkenntnis war gewachsen, dass man den Partner nicht ändern konnte und man sich selber auch nicht ändern sollte. Ein Partner war nicht für das persönliche Glück zuständig. Im Idealfall sollte ein Partner einen stärken, in selbstgewählter Hinsicht. Und so waren ihr Respekt und Rücksichtnahme sehr wichtig. Außerdem musste der Partner im höchsten Maße alltagstauglich sein. Hieß: Das Zusammenleben musste reibungslos realisierbar sein mit möglichst wenig Konfliktpunkten. Verlässlichkeit zählte für sie mehr als romantische Versprechungen. Der Pragmatismus ihres Mannes zeigte sich schon bei ihrer ersten Begegnung. Sie fand das passte hervorragend zu ihrer Kopflastigkeit. Sie fand zwar das eher der Ausspruch ‚gleich und gleich gesinnt sich gern‘ stimmte, aber mehr hinsichtlich den Werten als der Denkweise. In einer Partnerschaft musste man sich auch ein Stück weit ergänzen um das Leben gemeinsam meistern zu können. Also auch ein bisschen ‚Unterschiede ziehen sich an‘ war von Nöten.

Natürlich war es nicht so, dass ihr Mann nicht auch Fehler hatte oder Dinge tat, die sie nervten. Perfekt gab es bei der Partnerwahl nicht. Ihrer Meinung nach waren all die ewigen Singles, die mit über Dreißig immer noch auf der Suche nach dem idealen Partner waren, nur einfach auf dem falschen Dampfer, was ihre Kriterien betraf.

Sie konnte sich noch gut an eine Begegnung erinnern. Sie hatte sich mit einem Mann verabredet. Es war das zweite Treffen. Sie hatten sich am Wochenende zuvor in einer Kneipe kennengelernt. An der Theke kamen sie damals in ein fesselndes Gespräch. Der Mann wirkte interessant. Doch der zweite Abend verlief unerwartet anders. Der Typ fragte ziemlich schnell und ohne Umschweife ihre Vorstellungen bezüglich Kinder und Wohnstil ab. Er fragte, ob sie mal Kinder haben wolle und wenn ja wie viele. Ob sie sich vorstellen könnte für Kinder beruflich kürzer zu treten. Ob sie eher bei Ikea oder in einem etablierten Wohneinrichtungshaus einkaufen ginge. Wie sie am liebsten Urlaub machte. Es kam ihr vor wie ein Fragekatalog eines Partnerschaftsanbahnungsinstitutes, der durchgehechelt und abgehakt wurde. Von einem Augenblick zum anderen setzte sich dieser Mann damit bei ihr total ins Aus. Wahrscheinlich wollte dieser Mann keine Zeit mit dem manchmal immer gleichen Vorgeplänkel vergeuden und direkt abchecken, ob es passen könnte. Dass das wenig zielführend war, hätte sie ihm vielleicht damals direkt sagen sollen. Stattdessen tat sie, was wohl die meisten Menschen taten: Sie meldete sich einfach nicht mehr.

Wie schön und entspannend war da der Anfang mit ihrem Mann. Vermutlich weil sie beide gerade langjährige Beziehungen hinter sich gelassen hatten und nun einfach nur eine gute Zeit haben wollten. Und es war eine schöne Zeit. Sozusagen Sturm und Drang im fortgeschrittenen Alter.

Es wurde langsam laut in der Küche. Es brutzelte und zischte. Der Abzug brummte laut. Sie nutzte die Kochpause und ging noch einmal zu Christian ins Wohnzimmer. Der Schlaf hatte ihn fest gepackt. Sie betrachtete seine Gesichtszüge. Sein eher rundliches Gesicht, die großen Augen, der schöne Mund. Er war ihrem Mann wie aus dem Gesicht geschnitten. Wie würde er mit achtzehn aussehen. Von alten Fotos her, wusste sie wie ihr Mann als Teenager ausgesehen hatte. Sie war gespannt, ob es da immer noch zwischen diesen zwei Menschen eine solche Ähnlichkeit geben würde. Dann hätte sie ja noch einmal die Gelegenheit ihren Mann sozusagen physisch als jungen Mann zu sehen. Ein irgendwie unheimlicher Gedanke.

Als sie zusammen kamen, hatten sie natürlich irgendwann einmal das Thema Kinder. Da waren sie allerdings schon länger ein Paar. Für beide war klar, sie konnten es sich vorstellen Kinder in die Welt zu setzen. Aber weder er noch sie konnten sich vorstellen, dass sie das klassische Familienmodell leben würden. Damals war klar, dass sie sobald das Kind alt genug war, was auch immer das bedeutete, beide wieder in den Job zurückkehren würden. Sie wollte auf keinen Fall, so ein langweiliges Hausmütterchen werden, dass sich nur noch um Marmelade einkochen, Methoden der Fleckenentfernung aus den Kleidern oder um die Möbelpositionierung im Haus kümmerte. Wie attraktiv war das denn für den Partner? Über was würde man dann noch mit dem Partner reden? Ihr Mann meinte damals auch, er könnte sich nicht vorstellen, eine Frau zu haben, die nicht arbeitete. Wenn sie recht überlegte, müsste sie ihn eigentlich noch einmal fragen, wie er das heute denn sah.

Aber mal ganz abgesehen davon, dass sie niemals ein solches Hausmütterchen werden konnte, da sie dafür einfach zu vielseitig interessiert war, gab es damals keinen Job zum Zurückkehren. Sie hatte es erst geschafft sich für ein Kind zu entscheiden, als gerade keine Projekte im Berufsleben anstanden. Ihr wurde unerwartet betriebsbedingt gekündigt und sie sagte sich damals, wenn nicht jetzt wann dann. Es hat auf Anhieb geklappt und machte süchtig nach mehr. Sie war neugierig, wie anders ein zweites Kind wäre. Die gleichen Gene und doch ein ganz anderes Wesen. Sie wollte es kennenlernen. Genauso beim dritten. Da war die Neugierde noch größer. Denn beim Zweiten merkte sie, die Bandbreite ist groß. Was gab das Leben noch mehr an Diversität her?

Bei dem ganzen Stress, der sich mit jedem Kind potenzierte, kam irgendwie nie die Idee auf, sich an den einmal besprochenen Plan zu halten. Beide arrangierten sich mit dem Modell und es klappte ja auch einwandfrei.

Sie hatte auch nicht den Eindruck, dass sie ihren Mann langweilte. Und doch war es so, dass sie stets die gleichen Themen diskutierten. Meistens ging es um alltagspraktische Dinge, die organisiert werden mussten, um tagespolitische Themen oder um Angelegenheiten die Kinder betreffend. Selten um ihre Partnerschaft. Wie so viele Menschen, ging auch sie davon aus, dass sich Partnerschaft von alleine zum Guten entwickelte. Wenn man sich mal gefunden hatte und es passte, dann müsste das für ewig so weitergehen. Klar hatte sie mal davon gehört, dass man sich weiterhin für den anderen attraktiv halten sollte. Weniger im rein physischen Sinn. Persönliche Anziehung spielte das ganze Beziehungsleben lang eine Rolle. Sollte sie etwas Neues beginnen, dann würde das bestimmt auch auf ihre Partnerschaft Auswirkungen haben. Es kämen neue Themen auf, die eine Bereicherung für ihr Leben miteinander sein würden. Neuer Schwung sozusagen. Vielleicht wäre sie auch ausgeglichener als sie es an so manchen Tagen war. Sie schob es meist auf das prämenstruelle Syndrom. Das trat interessanterweise erst nach den drei Geburten in ihr Leben. Es diente als praktische Entschuldigung für so manchen Ausraster. Vielleicht fehlte ihr aber auch einfach nur der Abstand von Home Sweet Home und die Anerkennung ihrer Schufterei.

Sie notierte schnell die dazugewonnene Erkenntnis und beeilte sich in die laute Küche zu kommen.

das Mehr

Gründe <u>für</u> ~~wieder arbeiten gehen~~:
- ☑ Förderlich für Partnerschaft, neue Gesprächsthemen (neuer Schwung)
- ☑ Abstand von Home Sweet Home (ausgeglichene Stimmung)

das Mehr

Gründe <u>gegen</u> ~~wieder arbeiten gehen~~:
- ☒ Aufgabe der Autarkie

TAUZIEHEN

In der Küche angekommen, hörte sie Christian nach ihr rufen. Wie oft kam das vor? Kaum abgewendet, konnte man wieder zum Start zurück. Die mangelnde Effizienz in ihrer Rolle als Mutter machte ihr manchmal zu schaffen. Sie ging trotzdem erst mal weiter Richtung Küche, warf einen Blick auf den Herd und entschied, zuerst noch einmal kurz die Kartoffeln zu wenden. Danach ging sie zu ihrem Sohn. „Mama, ich habe Durst!" jammerte dieser. Sie sah ihn verblüfft an, ihr Blick glitt zum Glas Wasser auf dem Wohnzimmertisch, das in seiner Reichweite bereit stand. An Tag eins des Krankseins, nahm sie eine solche Bedienungshaltung kommentarlos ja sogar eher wohlwollend hin. Während sie das Glas in die Hand nahm, bat sie ihn: „Hier, mein Schatz, aber setz dich auf, ja?" Und fürsorglich fügte sie hinzu: „Wie geht es dir denn?" Sie kannte die Antwort eigentlich schon, denn es war nicht das erste Mal, dass er Kopfschmerzen hatte, man könnte es wohl auch Migräne nennen. Aber sie wollte es nicht vorschnell psychologisieren. „Der Kopf tut immer noch so weh, Mama!". Sie massierte ihm etwas die Schläfen und erkundigte sich: „Hilft das ein bisschen? Willst du vielleicht doch ein Zäpfchen haben? Ich glaube, du hast kein Fieb…" Ein erbostes „Nein, Mama!" ließ sie verstummen. Sie massierte noch etwas länger schweigend die

Druckpunkte über den Augenbrauen. Rutschte mit den Fingerkuppen über die Brauen zu den Schläfen und noch einmal zurück. „Ich muss jetzt aber weiterkochen, deine Schwestern kommen bald. Ich nehme an, du möchtest erst mal nichts essen?" Er murmelte zustimmend und drehte sich wieder Richtung Sofalehne.

Kaum war sie zurück in der Küche, klingelte es auch schon an der Tür. Die Mädchen waren zurück aus der Schule. Meistens standen sie müde und schlecht gelaunt in der Tür. Dies stand so ziemlich im Widerspruch zu ihrer Wiedersehensfreude, mit welcher sie die Tür öffnete. Eine der schönsten Momente am Tag war für sie, wenn sich das Haus wieder mit Leben füllte. Wenn sie spätestens beim Abendbrot alle zusammen an einem Tisch saßen. Es ging dabei zwar selten harmonisch zu und her. Aber es stellte sich trotzdem ein schönes Wir-Gefühl ein, dass sie gerne für ewig konservieren würde. Ein bisschen erinnerte es sie an ihre Kindheit. Das Gefühl der Geborgenheit war allerdings als Erwachsene wider Erwarten stärker. Vermutlich lag es daran, dass sie sich mitverantwortlich dafür fühlte. Sozusagen sich als Initiatorin dieses Gefühls empfand. Sie selbst war hier wirksam. Sie musste lächeln. Ja. Mütter versuchten es meistens allen Recht zu machen und strebten stets nach Harmonie und Eintracht. Was für ein Klischee! Und doch. Es war ihr in der Tat wichtig.

Als sie die Tür öffnete, verschwand Isabelle nach einem kurzen „Hi" direkt Richtung Toilette. Suse warf ihren Rucksack in die Ecke und hing neugierig ihre Nase über die Töpfe: „Was gibt`s? Oh lecker Frikos!" Kathrin beglückwünschte sich gedanklich für ihre Essenswahl. Mal keine motzende Kindermeute am Essenstisch. „Wann ist es fertig? Ich habe Hunger!", war Suses nächste Frage. „Eigentlich jetzt. Wie war es denn in der Schule? Ach ja, Christian liegt mit Kopfschmerzen aufm Sofa. Nimm bitte Rücksicht und sei leise." Suse wusch sich im Eiltempo die Hände und setzte sich auf die Bank. „Heute war eher langweilig, Mama. Es ging nur um irgendwelche Verhaltensregeln, die wir in Bio einhalten sollten und in Deutsch haben wir das Plakat weitergemacht. Ach ja, kann ich morgen direkt nach der Schule zu Anja?" Kathrin wendete die Frikadellen ein letztes Mal und blickte kurz auf den Familienkalender. „Sieht gut aus. Schaffst du das denn mit den Hausaufgaben?" – „Ja, kein Problem. Ich mache heute etwas mehr." -   „Da fällt mir ein…vermisst du vielleicht eine goldene Halskette mit blauem Stein?" „Hein? Nö. Du weißt doch, ich trage ungern Halsketten. Wieso?" – „Ach es war in einer Jeans. In Papas um genau zu sein, aber der trägt ja wohl keine solche Halskette, also wird er wohl für euch das Ding eingesteckt haben…dann muss es wohl Isabelles sein."

Sie genossen es zu dritt zu essen, denn so konnte man sich besser unterhalten. Wenn sie zu fünft am Tisch saßen, gab es oftmals einen Wettstreit, wer wie lange erzählen durfte. Sie fühlte sich dann wie beim Tauziehen. Und wenn dann auch noch das Radio plärrte, war es fertig mit dem konzentrierten Zuhören. Es musste an ihrem Alter liegen. Wäre sie eine junge Mutter, würde sie garantiert nicht so empfindlich auf diese Kakophonie reagieren. Im Gegenteil es würde sie vermutlich gar nicht stören.

Sie erinnerte sich an ihren Auszug von zu Hause, mit 19 Jahren. Damals hatte sie ziemliche Probleme mit der plötzlichen Stille. Sie vermisste die menschengemachten Geräusche, die von Mitbewohnern zeugten. Wenn man in einer Familie in eher beengten Wohnverhältnissen aufgewachsen war, musste man das Alleinsein erst lernen. Mittlerweile ging es ihr eher andersherum.

Es war wie so oft ein schnelles Mittagessen. Die Mädchen verzogen sich, sobald sie satt waren, in ihre Zimmer und sie blieb mit dem dreckigen Geschirr alleine am Tisch zurück. Sie wollte es immer mal ändern. Die Kinder sollten auch einen Beitrag leisten. Eine Zeitlang hielt sie die Kinder an, ihre Sachen selber weg zu räumen. Das führte allerdings dazu, dass die Kinder sobald sie fertig waren, aufsprangen und ihr Geschirr in den Geschirrspüler räumten, während sie noch am Essen war.

Sie fand das höchst ungemütlich. Auch das sitzen bleiben bis zum Ende des Essens wurde mal als Regel eingeführt. Es endete damit, dass am Ende jeder Mahlzeit wiederholend diskutiert wurde, wann denn der Zeitpunkt nun gekommen war, dass man sich erheben durfte. Diese Diskussion war so ermüdend, dass sie wieder zurück zur Kleinkindregelung gingen: Sitzen bleiben, bis alle Kinder fertig waren und sie räumte am Schluss alles alleine weg. Eine Kapitulation.

Die Küche war wieder in einem ansehnlichen Zustand und so widmete sie sich wieder Christian. Sie schnappte sich das Thermometer und setzte sich zu ihm. Er döste nur leicht und räkelte sich als sie ihn ansprach. Er hatte kein Fieber. Sie war erleichtert. Dann war es also doch nur eine Kopfschmerzattacke. „Hast du noch mehr Wasser, Mama?"- „Ja, hier. Das tut dir gut. Ruh dich noch etwas aus. Ruf mich, wenn was ist, ja?" Ihr fiel die Wäsche ein. Doch bevor sie diese aufhängen konnte, musste wieder welche abgehangen werden. Noch so eine Sisyphus Tätigkeit. Komischerweise nervte dies weniger als der Geschirrspüler. Sie schnappte sich nach getaner Arbeit den Korb mit der sauberen Wäsche, legte die Halskette oben drauf und stieg die Treppe hoch in ihr Schlafzimmer. Sie hatte das Bügeln aufgegeben. Ihre Mutter bügelte stets alles, von der Socke über die Unterhose bis zur Jeans. Sie war froh es geschafft zu haben, sich davon frei zu machen. Welcher Zeitgewinn!

Eilig sortierte sie die Wäsche und trug Isabelles Kleiderhaufen samt Halskette in ihr Zimmer. Wie so oft, war ihre Tochter erneut im Bad. Mit Handy. Sie konnte sich nicht erinnern, dass sie als Teenie so viel Zeit im Badezimmer verbracht hatte. Sie legte den Haufen aufs Bett. Da blieb er meist länger liegen. Manchmal wanderte er auch auf den Boden statt in den Schrank. Sie versuchte es auszuhalten.

Auf dem Weg runter ins Wohnzimmer schaute sie noch einmal bei Suse rein. „Kommst Du klar? Oder brauchst du Hilfe bei den Hausaufgaben?" –„Nö, alles klar. Ich melde mich sonst.“ Sie ging in Christians Zimmer, wählte ein Buch aus seinem Regal und machte sich auf zum Krankenlager.

Nachmittags schaffte sie außer Haushaltsangelegenheiten wie Waschen oder Saugen, nichts Produktives. Die ständigen Unterbrechungen seitens der Kinder oder auch Fahrten zu Freizeitterminen wie Sport oder Instrumentalunterricht hielten sie von anderen Aktivitäten ab. Jedes Kind durfte eine Freizeitaktivität wählen. Mehr lag finanziell und vor allem zeitlich nicht drin. Sie konnte es sich gar nicht mehr vorstellen, wie es mal war, als sie noch arbeitete. Den ganzen Tag durchgehend konzentriert an einer Sache dran bleiben? Vermutlich konnte sie das gar nicht mehr. Und wahrscheinlich erinnerte sie sich auch nicht mehr richtig, denn natürlich gab es auch im beruflichen Kontext Unterbrechungen. Aber die waren irgendwie anders. Vor allem anders auszuhalten. Sie packte ihren Zettel aus und ergänzte:

> *das Mehr*
>
> *Gründe <u>für</u> ~~wieder arbeiten gehen~~:*
> ☑ *Mal länger an einer Sache dranbleiben*

KUSS

Der Nachmittag verlief ereignislos. Christian verbrachte den Rest des Nachmittags schlafend auf dem Sofa. Statt ihm vorzulesen, putze Kathrin das Bad und wischte die Böden. Suse ging noch etwas raus mit den Nachbarkindern spielen und Isabelle ging mittlerweile zum Glück selbständig zum Klavierunterricht. Heute mussten sie pünktlich essen, denn sie hatte noch einen Termin in der Grundschule. Elternabend. Ihr Mann meldete sich per Whatsapp und kündigte an, dass es bei ihm leider etwas später werde. Also wieder mal ein Abklatschen. Vielleicht nicht mal das. Obwohl sie nicht arbeitete, hatten sie doch oft solche zeitlich begrenzten Zusammenkünfte, wie sie fand. Wahrscheinlich würden sie sich erst nach dem Schultermin sehen.

Schnell tischte sie für vier auf. Bei Christian meldete sich der Appetit zurück. Es schien ihm besser zu gehen. Wie so oft, wurde es zeitlich am Ende etwas eng und so schnappte sie sich ein Brot für den Weg und ließ die Kinder alleine am Tisch zurück mit der Bitte hinterher gemeinschaftlich die Küche aufzuräumen. Das glich einem Experiment. Manchmal glückte es auch. Eigentlich immer häufiger. Sie hatte den Eindruck, an solchen Aufgaben würden die Kinder direkt ein Stück wachsen.

In ihrem Beisein würden sie nie ganz alleine die Küche aufräumen. Selbst wenn sie krank im Bett liegen würde. Aber auf sich alleine gestellt, konnten sie sich gut ausprobieren. Sie konnten Fehler machen und ohne Maßregelung selber wieder beheben und hinterher stolz sein auf ihr Resultat. Selbstwirksamkeit! Gut fürs Selbstwertgefühl. Ob sie diesen Gedanken schon notiert hatte? Doch jetzt war keine Zeit.

Beim Rausgehen rief Isabelle ihr noch zu: „Ach ja, Mama! Diese Kette! Was ist damit? Die kenn ich nicht…" da fiel ihr Suse ins Wort. Kathrin hörte noch wie sie von der Wäsche erzählte. Manchmal fand Kathrin es praktisch mehrere Kinder zu haben. Es gab Synergieeffekte, die nicht zu unterschätzen waren. Dies machte die ewigen Geschwisterrivalitäten etwas wett.

Der Elternabend war eher langweilig. Es gab keine spektakulären Änderungen. So anders war die dritte Einschulung nicht zu den vorherigen. Auch wenn ihr Herz etwas wehmütig wurde, da dies ‚ihre' Letzte war. Ihre Gedanken schweifte etwas ab. Sie schaute sich all die Elternteile an. Wie viele davon waren wohl berufstätig, wie viele mussten arbeiten gehen? Wie viele trauten sich eine Lücke in ihrem Lebenslauf zu haben? Sie dachte an den Psychiater Irvin Yalom, der in seinem Buch ‚Existenzielle Psychotherapie' schrieb: ‚Es ist eine der offensichtlichsten Wahrheiten des Lebens, dass alles vergeht, dass wir das Vergehen fürchten und dass wir dennoch angesichts des Vergehens, angesichts der Furcht leben müssen. Der Tod, sagen die Stoiker, ist das wichtigste Ereignis im Leben.' Die meisten Menschen verleugnen den Tod. Wollen nicht an ihn denken. Aber damit nehmen sie sich auch die Chance, die Kraft aus der Vergänglichkeit zu schöpfen. Erst durch den Tod wurde das Leben so kostbar.

Sie erinnerte sich an die Beerdigung ihrer Großmutter. Sie verstarb mit stolzen 91 Jahren in einem Altersheim, nachdem zuerst ihr behinderte Sohn und dann kurz darauf ihr Ehemann verstarben. Sie hatte sich diese Reihenfolge so gewünscht. Sie als Letzte. Es war ihr Kopf, der nicht mehr wollte. Die Verwandtschaft entschied sich dazu, die Großmutter einäschern zu lassen. Zur Urnenbeisetzung reiste Kathrin mit beiden Töchtern an. Ihre Mutter befand damals allerdings, dass eine Beerdigung nichts für Kinder sei und organisierte ihre Töchter weg zu den Cousinen. Kathrin bereute es immer noch ein wenig, dass sie damals nicht standhaft geblieben war. Sie fand, dass Beerdigungen sehr wohl etwas für Kinder waren. Sie sollten teilhaben an diesem wichtigen Ereignis um das Leben schätzen zu lernen.

Sie würde gerne mit ihren Eltern und Schwiegereltern über den Tod sprechen. Wie ging man damit um, wenn man weiß, es war bald so weit. Doch zu dem Thema kam es nie. Man ging nicht damit um. Es wurde konsequent ausgeblendet. Aus Angst, man könnte das Ende herbeireden? Sie stellte nur fest, dass der Zeithorizont für die Urlaubsplanung bei ihrem 83jährigen Schwiegervater schrumpfte und mittlerweile bei einem halben Jahr angekommen war.

Manchmal beobachtete sie bei sich selbst so eine verkürzte Zeitplanung. Es gab Zeiten da überkam sie die feste Überzeugung, dass sie nicht alt werden würde. In ihrer Familie gab es viele Krebstote. Diese Angst, selber einmal betroffen zu sein, lähmte sie manchmal und hielt sie davon ab, langfristige Pläne zu schmieden. Einerseits ermöglichte dieses Gefühl ein Leben im Hier und Jetzt, andererseits verhinderte es ein Weiterkommen. Wie lautete so ein Kalenderspruch: ‚Wenn man nicht losläuft, kommt man auch nirgends an‘. Sie sollte sich einfach mal auf den Weg machen. Und wenn sie doch mal von Krebs betroffen sein sollte, hatte sie zumindest bis dahin eine gute Zeit. Wie war das noch mal: Der Weg war das Ziel?

Mit einem Ruck war sie wieder im Klassenraum. Der Elternabend neigte sich dem Ende. Jacken raschelten, Reißverschlüsse wurden gezippt, Stühle gerückt und Schlüssel gezückt. Das Stimmengewirr wurde immer lauter. Immer mehr Elternteile kamen ins Gespräch. Sie bewegten sich nach vorne zum Klassenlehrer um noch Geld für die Klassenkasse loszuwerden.

Dann bildeten sich Grüppchen, die sich auf den Heimweg machten. In ihrer Gruppe befand sich ihre Nachbarin und ein Herr, den sie noch nicht kannte. Sie tauschten sich etwas über die geplanten Schulausflüge aus und das bald anstehende Sankt Martinsfest. Man versicherte sich kurz gegenseitig, dass mit den älteren Schulkindern alles so ganz in Ordnung lief. Das eine oder andere gäbe Anlass zur Sorge, aber man sei an sich zufrieden. Beim Herrn war das nicht ganz so. Er hatte doch etwas größere Probleme mit seinem älteren Schulkind. Versetzungsprobleme. Schwierigkeiten an das Kind ranzukommen. Sprachlosigkeit zwischen den Parteien. Ergebnislos trennte man sich und war froh, nicht betroffen zu sein von schwerwiegenden Schul- beziehungsweise Familienproblemen.

Sie freute sich endlich ihren Mann zu sehen. Zuerst musste sie allerdings die euphorische Begrüßung ihres Hundes über sich ergehen lassen. Jedes Mal dieses Fest!? Es war ihr ein Rätsel. Es kam ihr sehr dumm vor. Ihr Mann saß auf dem Sofa und schaute fern. Sie begrüßten sich mit einem Kuss. Das war ihr wichtig und doch klappte diese minimalistische Art der Begrüßung nicht immer. Manchmal kam er oder sie genervt nach Hause und wurde auch noch direkt von einem Kind in Beschlag genommen. Da war nichts mit Küssen. Bevor die Kinder da waren, hatten sie sich vorgenommen, die Partnerschaft stets über die Erziehung beziehungsweise die Kinder zu stellen. Diese Prioritätensetzung kam ihnen aber irgendwie abhanden. Sie sollten wieder daran arbeiten. Dies fiel ihr immer dann ein, wenn sie nach Hause kam und die Kinder schon im Bett waren. Das war selten. In diesen Momenten fühlte sich die Partnerschaft anders an. So wie sie es eigentlich haben wollte. Ein gegenseitiges Wahrnehmen. Ohne dass stets ein Kind dazwischen redete. Nur sie zwei. Sie hatte den Eindruck, ihr Mann genoss diese Abende, in denen er als Vater gefordert war. Dinge etwas anders regelte als sie. Und am Ende alleine über seine freie Zeit verfügen konnte ohne ihr Beisein. Sie war sich sicher, auch die Kinder begrüßten diese Abwechslung. Es war nicht zu übersehen, dass es der Familie gut tat, wenn sie mal weg war. Zumindest eine Zeit lang, änderte sich etwas in der Familie. Es stieg kurzfristig die Bereitschaft im Haushalt mitzuhelfen. Die Kinder schlugen einen respektvolleren Ton an, wenn sie mit ihr redeten. Ihr Mann fühlte sich bei Fragen seitens der Kinder häufiger mit angesprochen. Was in der Tat auch daran lag, dass die Kinder dann vermehrt nach ‚Papa!‘ riefen.

Sie erkundigte sich, wie es mit den Kinder gelaufen sei. Ihr Mann antwortete: „Ganz in Ordnung. Christian wollte noch etwas Lego spielen. Was ja ein gutes Zeichen ist. Es scheint ihm besser zu gehen. Die Mädels waren wohl platt. Sie waren schnell im Bett.“ Sie seufzte: „Sehr schön, dann kann Christian morgen ja wieder zur Schule. Und bei dir auf der Arbeit? Habt Ihr viel zu tun, oder wieso musstest du länger bleiben?“ Während er weiter auf den Fernsehbildschirm starrte meinte ihr Mann: „Ach, nein, es war nur Simon, der wollte mit mir noch reden. Die haben doch Zwillinge gekriegt. Aber zu früh. Davon habe ich dir doch mal erzählt. Die liegen jetzt immer noch auf der Frühchen-Station. Hatte den Eindruck er musste mal was loswerden. Ich wollte ihn nicht hängen lassen.“ Sie fand das schön, dass Männer auch mal ein Ohr füreinander hatten. Im Fernsehen diskutierten sie gerade bei Hart aber Fair über die Silvestervorfälle in Köln. Ob ihr Mann wider Erwarten nach ihrem Tag oder nach dem Elternabend fragen würde? Sie wusste, dass dies eine unrealistische Wunschvorstellung war. Er hatte immer ein Ohr für sie, aber es war mittlerweile eine Tatsache, dass er von alleine nie nachfragen würde. Und trotzdem nach all den Jahren, die sie zusammen lebten, hoffte sie immer noch, er täte es mal. „Beim Elternabend gab es nichts großartig Neues“, murmelte sie. „ So, muss noch schnell den Trockner ausräumen oder warst Du schon unten?“ Noch bevor er antworten konnte, stand sie schon, denn es war eher eine rhetorische Frage. Wenn sie ihn nicht konkret darum bat, kam er nicht von alleine auf die Idee, in die Waschküche zu gehen um zu schauen, ob es da was zu erledigen gab. Nein, er war kein Mann für Überraschungen. Dafür äußerst zuverlässig und berechenbar. In

der Waschküche angekommen notierte sie noch schnell die
neuen Punkte auf ihrer Liste:

das Mehr

Gründe <u>für</u> ~~wieder arbeiten gehen~~:
- ☑ Stärkung der Vater-Kind-Beziehung
- ☑ Ehemann hat auch mal Zeit für sich
  alleine

VIELFALT

Sie schauten sich noch gemeinsam die Spätnachrichten an und entschieden dann ins Bett zu gehen. Ihr Mann ging mit dem Hund raus und sie machte sich auf Richtung Schlafzimmer. Im Bad fiel ihr Blick auf die Kette mit dem blauen Anhänger. Isabelle hatte sie wohl dahin gelegt. Wieso auch immer die Kette fernab von ihrem sonstigen Schmuckhaufen lag. Bevor sie es vergaß und um es endlich mal erledigt zu haben, schrieb sie ihrer Tochter eine SMS mit dem Text: ‚Was ist nun mit der Halskette?' Es war klar, dass sie die Antwort erst am nächsten Tag erhalten würde. Aber so musste sie nicht mehr daran denken. Es war schon traurig, dass sich so eine Klärung mit mehreren Menschen, die zusammen wohnten, so lange hinzog. Sie putzte sich die Zähne und fragte sich allmählich, was es wohl mit dieser Kette auf sich hatte. Ihr kamen Gedanken, die zu kitschig waren um sie zu Ende zu denken. Sie schüttelte ungläubig den Kopf, als ob sie die Gedanken aus den Hirnwindungen rausschleudern wollte. Und doch. Vielleicht sollte sie mal ihren Mann fragen. Schließlich hatte sie das gute Stück ja in seiner Jeans gefunden. Sie beschloss ihn erst einmal nicht zu fragen, sondern seine Reaktion abzuwarten, wenn er die Kette gleich auf der Ablage sehen würde. Würde er sie denn sehen?

Eigentlich wollte sie ja keine Antwort, die eine schlaflose Nacht zur Folge haben könnte.

Normalerweise war der letzte Gassi Gang eine kurze Sache. Doch diesmal dauerte es scheinbar länger. Als sie fertig mit Zähne putzen war, hielt sie inne und horchte. Da, tatsächlich sie vernahm Stimmen. Ihr Mann schien den Nachbarn getroffen zu haben. Das erklärte die Dauer. Sie legte sich schon mal hin und nahm sich vor zu lesen, bis er kam. Sie nahm ihre Liste und überflog noch einmal die Punkte, die sie über den ganzen Tag gesammelte hatte.

das Mehr

Gründe <u>*für*</u> ~~*wieder arbeiten gehen*~~:

- ☑ *Prävention gegen Empty Nest Feeling/ Depression*
- ☑ *Vorbildfunktion für Töchter*
- ☑ *Anerkennung*
- ☑ *Kinder an Haushaltsaufgaben wachsen lassen*
- ☑ *Prävention gegen Alzheimer (Soziale Kontakte)*
- ☑ *Abstellen des Gefühls etwas zu verpassen*
- ☑ *alles mitnehmen, was das Leben zu bieten hatte (Berufstätigkeit = eine der vielen Speisen auf dem Büffet des Lebens)*
- ☑ *Lust auf Neuanfang*

- ☑ Selbstwert entkoppeln von Kinder, an Neues koppeln (Prävention Empty Nest)
- ☑ Chance Rolle als Frau neu zu definieren, Mutterrolle etwas abgeben (Rollenvielfalt als Bereicherung)
- ☑ Finanzielle Unabhängigkeit
- ☑ Jetzt Loslegen: Das Leben ist einmalig und endlich.
- ☑ Keine Reue am Ende des Lebens es nicht getan zu haben
- ☑ Förderlich für Partnerschaft, neue Gesprächsthemen (neuer Schwung)
- ☑ Abstand von Kinder/Haushalt/Ehe (ausgeglichene Stimmung)
- ☑ Mal länger an einer Sache dranbleiben
- ☑ Stärkung der Vater-Kind-Beziehung
- ☑ Ehemann hat auch mal Zeit für sich alleine

das Mehr

Gründe <u>gegen</u> ~~wieder arbeiten gehen:~~
- ☒ Finanzielle Einbußen
- ☒ Kinder brauchen noch jemand, der zu Hause ist

☒ Keiner bereut am Ende des Lebens zu
wenig gearbeitet zu haben, Erleben von
Sinn hängt nicht an Arbeit

☒ Alles wird schon erledigt oder gibt es
schon, Erleben von Sinn? Gebraucht
werden?

☒ Entspannte Krankentage, keine Schuldgefühle gegenüber Arbeitgeber

☒ Mehr Zeit/Muse für die Kinder

☒ Keine vergeudete Lebenszeit mit z.T.
sinnlosen Tätigkeiten und Aushalten
von schwierigen Arbeitsbeziehungen
(Mehr Schein als Sein)

☒ Sich für eine Sache entscheiden müssen, vergangene und zukünftige Interessen aus Zeitgründen lassen

☒ Aufgabe der Autarkie

Sie zählte wie viele Gründe sie bei der jeweiligen Rubrik
notiert hatte. Achtzehn zu neun für ein Mehr. Die Sache war
eindeutig. Sie hatte es geahnt. Es war vermutlich wie mit dem
Rauchen aufhören. Man sah als Raucher nur all das was man
verlor und aufgab, aber nicht das was man dabei alles gewinnen
konnte. Sie nahm sich vor, am nächsten Tag die Suche nach
dem Mehr voran zu treiben. Strukturiert und zielorientiert.
Diesmal wollte sie zu einer Entscheidung kommen. Zu einem
Ergebnis. Sie dachte an all die Bücher, die sie schon zu diesem
Thema nach Hause geschleppt hatte. Mit dem schönen Titel

‚Zweite Chance Traumberuf‘ oder ‚Finde den Job, der dich glücklich macht‘. Das einzige was sie beim Lesen rausfand, war dass ihr alter Beruf nichts für sie war.

Sie musste eingenickt sein, denn sie wurde jäh wach, da war es dunkel im Schlafzimmer und Christian rüttelte an ihr. „Mama! Mama! Darf ich bei dir schlafen?“ Sie murmelte verwirrt: „Wie, was, alles klar Christian? Hast Du gebrochen, oder Pippi ins Bett gemacht?“ – „Nein, Mama, ich kann nur nicht schlafen. Darf ich bei dir schlafen?“ Sie kannte seine nächtlichen Besuche zu gut. Meistens wenn er abends einen spannenden Film gesehen hatte, er früh eingeschlafen war oder wie an diesem Tag nachmittags geschlafen hatte, wachte er nachts auf und konnte nicht mehr einschlafen. Sie hob ihre Decke etwas an und lies ihn unter die Decke huschen. Flugs legte er sich zwischen beide in die Besucherritze und schien direkt wieder einzuschlafen. Ganz fasziniert horchte sie auf seinen regelmäßigen Atem. Wie groß die Wirkung der Anwesenheit der Eltern doch in diesem Alter war. Leider zeigte sich diese Wirkung nur in eine Richtung. Oft lag sie nach einer solchen nächtlichen Ruhestörung länger wach und versuchte mit wachsender Verzweiflung den Frust darüber klein zu halten. Diesmal lag sie allerdings eher entspannt da und dachte an ihren soeben erlebten Traum, der nun Dank dieser jähen Unterbrechung ihrem Bewusstsein zur Verfügung stand. Sie befand sich in einer Art Villa. Ein ihr unbekanntes Haus. Es war schönes Wetter. Sie war allein und ging raus in den Garten. Plötzlich hatte sie einen Spaten und Gartenhandschuhe in der Hand. Doch als sie in den Garten kam, war dieser in top Form. Kein Unkraut war zu sehen, die Rosen hochgebunden, der Apfelbaum in perfekter Form und in voller Blüte. Wohin sie auch ihren Blick richtete, alles war erledigt. Sie erschrak, es gab nichts zu tun! Doch da war noch ein anderes Gefühl. Als ob ein Druck von ihr abfiel. Sie musste nichts mehr tun. Alles war erledigt. Es fühlte sich gut an. Zu gerne hätte sie gewusst, wie der Traum weiter gegangen wäre. Sie fing an zu grübeln, was dies zu bedeuten hatte. Alles war erledigt!? Hieß dies alles war gut so, wie es war? Oder doch eher das Alte war erledigt, es war Zeit Neues in Angriff zu nehmen? Wieso konnte das Leben nicht einfach eindeutige Hinweise geben. Wie der eigene Weg aussehen sollte?! So dass klare Entscheidungen möglich waren. Eigentlich sollte sie ja dankbar sein für die Vielfalt an Gestaltungsmöglichkeiten in der Lebensführung, die ihr mittlerweile als Frau im Vergleich zu vorherigen Generationen offen stand. Nicht dass sie lieber früher gelebt hätte. Doch manchmal verfluchte sie diese Auswahl. Wer die Wahl, hat die Qual. Genauso empfand sie es auch mit ihrer schulischen Ausbildung. Mit Abitur stand ihr alles offen. Noch dazu mit Durchschnittsnoten in sämtlichen Fächern! Es ließ sich keine Tendenz oder Vorliebe für ein bestimmtes Fachgebiet ausmachen. Es hätte dies sein können, aber auch das. Wieviel einfacher musste es sein, wenn man mittlere Reife hatte und die ganze Palette an Studienberufe einfach schon mal aus der Liste der Möglichkeiten wegfallen. Ob sie mit diesen Schwierigkeiten allein dastand? Ob es an ihr lag. An einer Entscheidungsschwäche? Oder teilte sie dieses Leid mit anderen? Und was würde es ändern? Sie versuchte sich zu entspannen und wieder in den Schlaf zu finden. Es war ja erst kurz nach drei, wie sie mit einem Blick auf den Wecker feststellen konnte. Sie drehte sich zur Seite, spürte den kleinen Rücken ihres Sohnes an ihrem Rücken und versuchte an ihren letzten Urlaub zu denken. Das half ihr manchmal. Sie stellte sich den Strand auf Baltrum vor und sah vor ihrem inneren Auge die vom Wind verursachten hellen Sandstreifen auf dem festgedrückten Sand hinweg fegen. Ihr Hund lief in der Ferne aufgeregt mal hier und mal dorthin. Ein Lächeln huschte über ihr Gesicht.

TABUBEREICHE

Doch der Schlaf wollte nicht kommen. Der Schlaf wollte so gar nicht. Es schwappte immer wieder eine leichte Beklemmung in ihr hoch. Eine Angst etwas zu verpassen. Weichen falsch gestellt zu haben. Aber wie passte dieses Gefühl zu ihrem Traum? Nun stellte sich doch Frust ein. Sie wälzte sich hin und her. Als Kind hatte sie eine höchst eigenartige Einschlafmethode. Sie warf ihren kindlichen Kopf rhythmisch hin und her. Ziemlich schnell und regelmäßig. Das half. Daran erinnerte sie sich erst wieder, als sie Jahre später in einem Buch über das Einschlafverhalten von Kinder gelesen hatte. Doch im Erwachsenenalter funktionierte diese Methode erstaunlicherweise nicht mehr. Sie probierte es erst gar nicht. Seufzend stand sie auf. Manchmal half es auf die Toilette zu gehen. Als sie auf der Schüssel saß, fiel ihr Blick auf das Waschbecken. Irritiert registrierte sie, dass die Kette nicht mehr da lag, wo sie sie hingelegt hatte. Sie suchte mit dem Blick das gesamte Bad ab. Was hatte dies bloß zu bedeuten? Ihr Mann war der einzige, der nach ihr noch das Bad benutzt hatte. Es konnte also nur er gewesen sein. Das war doch eigentlich schon das Eingeständnis. Ihr Atem stockte. Hätte es nichts Ungewöhnliches mit der Kette auf sich, hätte ihr Mann diese Kette niemals entfernt. Er hätte sie einfach ignoriert und liegen gelassen. Sie spürte wie eine

Welle der Empörung in ihr hochstieg. Er wagte es wohl nicht wirklich ihr Leben, ihre Ehe mit so etwas banalem wie eine Affäre zu zerstören? Alles aufs Spiel zu setzen? Alles kaputt zu machen!? Sie musste diese Kette finden.

Sie unterließ es die Spülung zu betätigen. Niemand sollte sie jetzt stören. Niemand sollte wach werden. Niemand ihre Gedanken unterbrechen. Sie schlich zurück ins Schlafzimmer. Im Schein des Badlichts untersuchte sie den Nachtisch ihres Mannes. Leise zog sie die Schublade auf. Nichts. Sie bewegte sich weiter Richtung Kleiderhaufen ihres Mannes. Durchsuchte die Hosentaschen. Sie wünschte sich insgeheim die Kette nicht zu finden. Und doch konnte sie nicht aufhören zu suchen. Sie schlich leise die Treppe runter und taste jede Tasche seiner Jacke ab. Außer ein paar Münzen und den Autoschlüssel. Nichts. Sie hielt inne und überlegte krampfhaft, wo ihr Mann die Kette versteckt haben könnte. Ihr Blick fiel auf seine Arbeitstasche. Sie zögerte. Wie schnell war sie doch bereit, ihrem Mann eine Affäre zu unterstellen!? Tat sie ihm unrecht? Hatte sie nicht gerade an diesem Tag noch darüber sinniert, wie glücklich sie als Paar waren? Und doch war ihr Kopf so schnell bereit, dies in Frage zu stellen? War nur sie glücklich mit ihm und er nicht mehr mit ihr? War sie doch ein unattraktives, langweiliges Hausmütterchen geworden? Wie stand es wirklich um ihre Gefühlswelt? Aus lauter Kinder und Alltag ging das Paargefühl ziemlich unter. War es nur ein gedachtes Gefühl? Aber nein, sie würde sonst nicht so heftig reagieren. Oder lag ihre Panik ganz woanders begründet? Darin sich dann entscheiden zu müssen. Panik vor der Veränderung der Lebenssituationen und dem Verlust von... ja von was? Menschen? Finanzielle Sicherheit? Lebensqualität? Annehmlichkeiten? Ging es ihr um den Partner oder um ihr angenehmes Leben? Dieser Gedanke schockierte sie. Was empfand sie für ihren Mann? Sie horchte in sich hinein. In ihr ballte sich aber nur ein Knoten, der ihr vom Bauch an die Gurgel wollte. Sie zuckte. Da war etwas nass, kaltes an ihrem Knie. Sie blickte an sich herunter. Ihr

Hund wedelt freudig und leckte ihr am Bein. Automatisch ging ihre Hand nach unten und streichelte ihn über das weiche Fell.

Leise flüsterte sie: „Was soll ich nur tun? Es kann doch nicht sein. Nein. Unmöglich. Mir nicht. Mir passiert so was doch nicht." Sie wusste nicht wie es kam, aber der Hund schien sie irgendwie zu beruhigen. Sie merkte wie sich ein warmes Gefühl in ihr breit machte. Sie lächelte. „Du hast Recht. Es wird sich klären. Morgen." Sie wünschte dem Hund noch eine gute Nacht und schlich wieder ins Bett. Es war noch warm und Sohn wie Mann lagen noch genauso da wie eben. Als wäre die Zeit still gestanden. Die Arbeitstasche untersuchen? Das ging irgendwie gar nicht. Genauso auch das Portemonnaie oder das Handy. Es gab Tabubereiche. Mit welcher Berechtigung… und doch, wenn er sie hintergehen würde, mit einer anderen Frau? Hätte sie dann nicht auch das Recht Tabus zu brechen? Sie lag auf dem Rücken und fragte sich, wo das gute Gefühl von eben wieder hingegangen war. Der Kloss meldet sich wieder und wuchs. Sie schüttelte leicht den Kopf. Nein, sie würde jetzt nicht den Rest der Nacht grübelnd wach liegen. Aber sie sollte sich einen Plan zurecht legen. Wie sollte sie weiter vorgehen? Sie musste jetzt einen Entschluss fassen. Sonst würde ihr Kopf keine Ruhe geben. Sie überlegte:

Plan A: Den Mann beim Frühstück einfach fragen. Pro: Schnell geklärt. Contra: würde er es zugeben? Und wenn ja! Was dann? Einmal ausgesprochen, mussten Entscheidungen gefällt werden. Nicht gerade ihre Stärke.

Plan B: Weiter beobachten. Pro: Sie würde, sollte sich herausstellen, dass sie falsch lag, nicht als hysterische, eifersüchtige Kuh dastehen. Keine unnötige Unruhe. Contra: Worauf sollte sie achten? Sie müsste dann auch ständig daran denken.

Sie grübelte. Gab es noch mehr Pläne als direkte Konfrontation oder hinterhältige Beweissammlung? Es beunruhigte sie, wie schnell ihre Welt ins Wanken geriet. Eine Angst kroch in ihr hoch und der Punkt finanzielle Unabhängigkeit auf ihrer Liste blinkte bunt und hektisch wie ein OPEN-Schild im Schaufenster in ihrem Kopf. Aber wo blieben die Gefühle für ihren Mann? Würde sie ihn vermissen? Wie wäre das, wenn er mit einer anderen Frau rummachen würde? Sie versuchte es sich bildhaft vorzustellen. Ihren Mann mit einer anderen Frau Hand in Hand. Aber es stellte sich immer nur ein Gefühl der Empörung ein. Sitzen gelassen zu sein. Angst alles zu verlieren. Dabei dachte sie an das Haus, Urlaube, ihre Freiheiten. Und Wut. Sie spürte eine Wut aufkommen, dass er ihr das antat. Wo waren die Gefühle der Zuneigung und Liebe hingekommen? Liebte sie ihren Mann noch? Was empfand sie für ihn. Ja. Es gab einen Plan C. Sie musste nach den verlorenen Gefühlen forschen. Herausfinden, ob sie noch da waren oder ob ihr dieser Mensch tatsächlich so wenig bedeutete. Oh wie kitschig! Wie hieß es dieser Paarzustand doch noch mal, sich auseinanderleben?! Konnte das sein?

Plan C: Alte Gefühle suchen. Pro: Rausfinden, ob er es wert wäre zu kämpfen, sollte sich ihr Verdacht bestätigen. Contra: Könnte schmerzhaft werden, wenn die Suche erfolglos verlief und sie rausfinden würde, dass sie nichts mehr für ihn empfand.

Mit den Überlegungen zum letzten Plan hatte sie sich schon entschieden. Sie würde erst testen, was ihr diese Beziehung noch wert war. Wie sie gefühlsmäßig zu ihrem Mann stand. Sie wollte ihren Mann mit einem Rendezvous überraschen. Zum Glück war morgen Freitag. Christian könnte bei seinem Freund übernachten. Die Mädels freuten sich bestimmt über einen sturmfreien Abend. Gleich nach dem Frühstück würde sie erstmal zum Friseur gehen. Und beim Lieblingsitaliener einen Tisch reservieren. Oder sollte sie ihn doch lieber ins Kino lotsen. Vielleicht lief ja etwas Gutes. Was hatten sie bloß früher so gemacht? Bevor die Kinder da waren? Sie wollte aber auch nicht wie eine Idiotin so tun, als wären sie noch die gleichen wie früher. Als könnte man wie damals als verliebtes Paar einen Abend gestalten. Damals genügte ja ein Spaziergang an der Rheinpromenade um in romantischen Gefühlen zu schwelgen. Nein ein Revival war nicht möglich. Ein Paar, dessen gemeinsame Geschichte schon ein einige Jahre andauerte, tickte anders. Vermutlich bräuchten sie heute mehr äußere Reize, damit Romantik aufkam. Es musste etwas Außergewöhnliches sein. Oder doch vielleicht einen alten Ort aufsuchen?

BUGGY-ZEITALTER

Bei der Suche nach dem perfekten Rendezvous, musste sie eingeschlafen sein. Der Wecker riss sie aus dem Schlaf. Das hatte sie schon lange nicht mehr. Meistens wurde sie lange vor dem Wecker wach. Begleitet von einer diffusen Angst, etwas zu verpassen. Sie setzte sich auf und genoss kurz den Anblick ihres schlafenden Sohnes, der ganz nahe an ihren Mann heran gerückt war. Seite an Seite lagen die zwei auf einer Matratze. Diese Enge wirkte absurd, nachdem sie ihre Betthälfte frei gegeben hatte. Während der Morgentoilette versuchte sie herauszufinden, was sie an ihrem Mann eigentlich nicht mochte. Keine Frage, da gab es schon einiges. Aber wie wichtig war ihr das? Sie empfand ihr Zusammenleben schon irgendwie als nahezu passend und harmonisch. Resultierte diese Einschätzung etwa aus einer aus Bequemlichkeit hingenommenen Resignation und mangelnde Konfliktstärke? Es war in der Tat so, dass sie manchmal dachte, sie trug einen Konflikt mit einem ihrer Kinder aus, den sie eigentlich eher mit ihrem Mann aushandeln müsste. Streitigkeiten mit dem Ehemann wiesen allerdings schnell eine andere Qualität auf als mit ihren Kindern. Da ging es plötzlich um alte Geschichten, die aufgewärmt wurden, so dass ein Konflikt ausuferte und sie das eigentliche Thema aus den Augen verloren. Oftmals zeigte sich aber auch einer von beiden auffallend nachgiebig und der andere wusste, diese Nachgiebigkeit würde beim nächsten Streit als Argument ins Feld geführt. Streit zwischen Eheleuten war mehr Beziehungsarbeit als wirklich Lösungssuche.

Bei der Erziehung waren Auseinandersetzungen an der Tagesordnung. Auch waren es meist wiederkehrende Themen. Auch die Dynamik des Schlagabtausches zeigte Déjà vu Effekte. Es wurde schnell verziehen und meist kurzfristig an die Vereinbarungen gehalten. Vermutlich reichte ihre Energie einfach nicht, um nach all den Disputen mit den Kindern am Ende des Tages auch noch diejenigen unter ihnen als Erwachsene auszuhandeln. Ging es also doch in Richtung auseinanderleben? Wenn sie sich nicht mehr mit sich auseinandersetzten und ihre Andersartigkeit einfach so hinnahmen, dann zeugte dies doch von einem gewissen Desinteresse füreinander!?

Sie sollte vermutlich den Fokus eher darauf legen, was sie an ihrem Mann schätzte. Sie überlegte, was es damals vor mehr als 15 Jahren war, das sie an ihm attraktiv fand. Sein Äußeres gehörte definitiv dazu. Aber es war auch seine Zurückhaltung und dass er gut zuhören konnte. Er drängte sich nicht auf, war aber immer da, wenn man ihn brauchte. Am meisten mochte sie aber wohl, dass er Dinge in die Hand nahm und kein Schwätzer war. Sie konnte Männer mit großer Klappe aber nichts auf dem Kasten nicht leiden. Wenn sie ihren Mann um etwas bat und er ihr eine Zusage machte, dann wusste sie, dass er es erledigen würde. Die Terrassenabdeckung hing dann in den nächsten Tagen oder der Koffer kam pünktlich aus dem Keller ins Schlafzimmers oder der Sperrmüll war plötzlich weg ohne nochmaliges nachfragen und bitten. Ihr Zusammenleben war in der Tat ein reibungsloses Miteinander. Aber wo keine Reibung, da auch kein Wärme.

Sie schüttelte den Kopf wie kitschig. Sie zwang sich noch einmal konkret an den Abend zu denken, während sie ihrer Morgenroutine nachging. Kinder wecken, Frühstück machen, Pausenboxen raus, noch einmal ein Weckruf nach oben, Trinkflaschen füllen, … Als sie im Radio der Wetterprognose lauschte, schoss ihr ein Gedanke durch den Kopf. Nachts ins Schwimmbad! Ja! Das war doch ein schönes Revival! Naja… so ein richtiges Revival war das nicht wirklich. Zumindest nicht für diese Beziehung. Sowas hatten sie zusammen noch nicht erlebt. Es war also perfekt. Neuartig für ihre Beziehung und doch aus alten Zeiten. Sie fing an zu summen. Plötzlich fiel ihr ein, dass sie mal checken sollte wie es Christian ging. Sie war so mit sich selbst beschäftigt, dass sie gar nicht mehr daran dachte, dass er ja gestern krank war. Sie nahm zwei Stufen gleichzeitig und sah noch von der Treppe aus, wie Christian gerade in die Shorts schlüpfte. Sie machte kehrt und ging wieder in die Küche runter. Es ging ihm wohl wieder gut.

Es dauerte keine halbe Stunde bis die Belagerung der Küche beendet war und die Kinder zur Tür raus waren. Sie hörte ihren Mann im Bad. Sie schrieb schnell einen Zettel, dass sie noch was zu erledigen hätte und er doch bitte schnell mit dem Hund gehen sollte. Sie beeilte sich auch aus dem Haus zu kommen. Zu groß waren ihre Bedenken, dass sie sich verquatschen könnte. Dass sie ihn doch zur Rede stellen würde oder sich durch sein Verhalten verunsichern ließ und ihren Aktionsplan aufgab.

Sie schwang sich aufs Rad und fuhr Richtung Friseur. Beim Fahrradständer neben dem Kaufhaus traf sie auf ihre Nachbarin. Sie arbeitete eigentlich annähernd Vollzeit auf einer Bank. Dreißig Stunden. Etwas irritiert begrüßte sie sie. „Hallo Barbara! Du hier? Hast du frei?“ – „Ach nein, leider nicht. Ich habe einen Arzttermin und gehe heute später. Geht es Christian wieder gut? Sebastian hat mir erzählt, er sei gestern früher nach Hause.“ – „Ja ja. Er hatte wieder mal Kopfschmerzen. Er ist heute wieder zur Schule. Musst du auch in die Richtung?“ Sie zeigte zur Fußgängerzone. Die Nachbarin nickte und so liefen sie nebeneinander her. Beide hatten einen guten Schritt drauf. Der Mütterschritt war vermutlich eine Taktung schneller als der normale Frauenschritt. Mit kleinen Kinder lebte man sehr entschleunigt. Diese Zeit musste, sobald das Kind im Buggy saß wieder wettgemacht werden. Dieser Modus hielt sich wohl hartnäckig jenseits des Buggy-Zeitalters.

Kathrin genoss dieses spontane Treffen und den Austausch. Natürlich ging es um die Schule und die Kinder. Für mehr reichte ihre Beziehungstiefe nicht. Aber auch Ort und Zeit ließen keine großen Themen aufkommen. Dachte sie. Plötzlich blieb die Nachbarin stehen und fasste sie am Arm: „Ich muss dir was sagen. Du wirst es ohnehin erfahren." Kathrin stockte der Atem. Mit einem Mal, kam die nächtliche Angst wieder hoch, die Kette hätte doch etwas zu bedeuten. Ihre Miene verfinsterte sich. „Ernst und ich haben uns getrennt. Ich weiß, das wird für unsere Kinder schwierig, aber es geht einfach nicht mehr. Wir streiten uns ja nur noch. Ernst ist jetzt erst einmal ausgezogen. Zu nem Freund. Ich wollte nur, dass du das weißt, falls die Jungs da was erzählen oder so." – „Oh, das tut mir leid. Das überrascht mich jetzt aber. Ich wusste gar nicht, dass ihr Probleme habt." – „Naja, wer redet schon gerne darüber." Sie zuckte mit den Schultern und wischte schnell eine aufkommende Träne aus den Augen. „Ich muss jetzt, mein Termin. Muss jetzt hier rein. Machs gut, Kathrin." – „Tschüss, du auch." Wieder alleine, grübelte sie kurz darüber, ob sie ihre Nachbarn jemals streiten gehört hatte. Dem war eigentlich nicht so. Hätte sie ihr alles Gute wünschen sollen. Was wünschte man bei einer Trennung? Viel Kraft. Vermutlich egal, ob Verlassene oder Verlassende. Wer weiß, vielleicht stand ihr das auch bald bevor. Sie beeilte sich zum Friseur zu kommen.

Beim Kiosk an der Ecke holte sie sich noch eine Zeitung. Dem beim Friseur vorhandenen Zeitvertreib in Form von ‚Frauenzeitschriften' und erzwungenem Smalltalk konnte sie nichts abgewinnen. Sie wollte sich den Ansatz färben lassen. Und das konnte dauern. Sie entschied sich diesmal für ‚Die Welt'. Sie wechselte gerne zwischen den verschiedenen Zeitungen. Sie meinte damit verhindern zu können, dass die Zeitungsmeinungen, die aus ihrer Sicht nie neutral waren, auf ihr Wertesystem abfärbten. Sie lächelte als sie darin ein Interview mit Cordula Stratmann entdecke. Gute Wahl. Beim Lesen hätte sie am liebsten laut gerufen ‚Jawohl! Ich bin nicht allein‘. Da stand doch tatsächlich genau ihr Gedanke schwarz auf weiß!? Cordula Stratmann sagte da doch tatsächlich in den Interview: ‚Ich kapiere überhaupt nicht, wie Leute sagen können, dass sie an der Seite ihres Kindes verblöden. Ich verstehe gar nicht, wovon die sprechen. Eine Weiterentwicklung für mich als Mensch entscheidet sich nicht an der Frage, ob ich im Beruf bleibe oder nicht.‘[6] Das tat gut. Aber auch die Stratmann ging ja irgendwann zurück in den Beruf. War wieder auf der Mattscheibe zu sehen. Zum Glück. Es war ein Gewinn. Vielleicht war sie auch ein Gewinn für andere, wenn sie ihre Stärken mal woanders einsetzte. Sie lehnte sich zurück und betrachtete ihr mit Alufolien bepacktes Konterfei im Spiegelbild. Wer weiß? Sie holte ihren Zettel hervor und notierte:

das Mehr

Gründe für ~~wieder arbeiten gehen~~:

☑ Eigene Stärken als Gewinn für andere (als Familie) einsetzen

---

[6] Vgl. Nayhauß

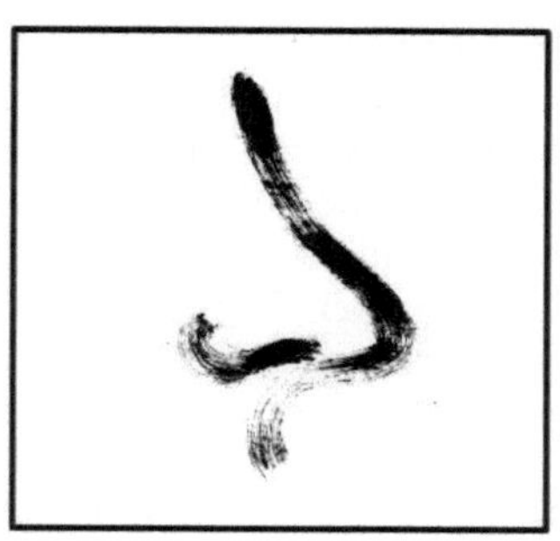

GERUCHSPROBE

Nach anderthalb Stunden stand sie wieder auf der Straße. Sie hatte kurz daran gedacht, ein neues Bikini zu kaufen. Verwarf dann aber die Idee. Es würde ja eh dunkel sein, wenn sie sich abends entblößten. Außerdem würde ihr Mann vermutlich gar nicht bemerken, dass es ein neues Teil war.

Sie radelte schnell noch bei Supermarkt vorbei. Der Plan nur einmal in der Woche einen Großeinkauf zu tätigen, misslang ihnen fast tagtäglich. Mit einer prallen Einkaufstasche schwang sie sich aufs Rad und mache sich auf den Heimweg. Der Wettermann hatte Recht. Der Sommer meldete sich tatsächlich noch einmal zurück. Als der Fahrtwind wegfiel, rann ihr der Schweiß in den Nacken. Schon beim Aufschließen machte sich der Hund lautstark bemerkbar. Er führte wieder einmal einen Freudentanz auf und zog erst nach einem Leckerli von dannen. Sie packte eine Tasche mit Schwimmsachen und zwei kleinen Sektflaschen. Sie überlegte kurz, ob der Kofferraum ein sicherer Ort war bis zum Abend. Ihr fiel nichts ein was dagegen sprach. Zurück vom Auto rief sie die Mutter von Christians Freund an und hoffte ihr Plan, dass ihr Sohn da übernachten könnte, ging auf. Ganz entgegen spontane Treffen auf der Straße, die sie meist beflügelten, widerstrebte ihr das

Führen von Gesprächen am Telefon. Sie dauerten selten kurz und entbehrten einer gewissen Entspannung. Es gab nur einen Empfangskanal. Das Gehör. Das strengte sie an. Sie hatte sich damit abgefunden, dass der direkte Kontakt ihrem Naturell entsprach und mied Anrufe so gut es ging. Dieser jetzt musste allerdings sein. Am anderen Ende ging der Anrufbeantworter an. Sie legte erleichtert auf. Damit gab sie sich die Berechtigung schriftlich die Frage loszuwerden. Schnell tippte sie eine SMS. In diesem Moment klingelte das Telefon. Die SMS hatte sich erledigt. Eine geschlagene halbe Stunde später, war sie um einige Neuigkeiten reicher und der Gewissheit, dass ihr Plan funktionieren würde. Zumindest was die Kinderbetreuung betraf.

Der Rest des Tages ging verging wie im Flug. Mittagessen kochen, Küche aufräumen, Christian zum Sport fahren, schnell noch Hundefutter besorgen, Christian wieder abholen und zum Freund fahren, Hausaufgabencheck bei Suse, Besprechung der Besorgungen für die Klassenfahrt mit Isabelle, kurzer Hunde Gassigang, schnell noch mal saugen, Abendessen vorbereiten.

Als sie gerade im Keller nach einem Nudelnachschub suchte, hörte sie die Tür und ihren Mann „Hallo, bin wieder da" rufen. Von oben kam nur ein kurzes „Hi" im Stereo. Kathrin schaute auf die Uhr. Er war ungewohnt früh. Sie stutzte. War etwas passiert? Hatte sie einen Termin vergessen? Schnell schnappte sie ein Nudelpack und beeilte sich nach oben zu kommen. Sprachlos starrte sie ihren Mann an, der mit einem riesigen Bund roten Rosen bei der Garderobe stand und sie angrinste. „Du hast es vergessen", rief er lachend, „unseren Hochzeitstag!" – „Ach du lieber Himmel", entfuhr es ihr, „ ja klar, heute ist der 6. September! Oh, mein Gott, das habe ich tatsächlich vergessen. Was für schöne Rosen! Jetzt überrascht du mich aber wirklich!" Ihr Mann überreichte ihr die Rosen. Sie strahlte, bewunderte den Strauß samt Geruchsprobe und hielt den Rosenstrauß dann auf die Seite, damit sie sich ungehindert küssen konnten. Doch bevor ihre Lippen die Seinigen erreichten, zuckte er zurück und meinte grinsend: „Da steckt

noch was drin." Neugierig betrachtete sie erneut den Rosenstrauß. Und wirklich, da war ein kleines, etwas dickliches Ku-
vert. Sie zog eine Karte heraus und fand beim Öffnen eine Kette mit blauem Anhänger. Jeder hätte es hören müssen, so
schwer fühlte sich der Stein an, der ihr vom Herzen fiel. Sie
sprang ihrem Mann um den Hals und küsste ihn. „Vielen Dank,
mein Schatz!" Sie hielt ihm die Kette hin und drehte sich um.
Während er am Verschluss rum fummelte, meinte er: „Wie
wäre es mit einem Rendezvous beim Italiener? Nur wir zwei?
Oder wollen wir den Nachwuchs mitnehmen?" Sie befühlte die
Kette an ihrem Hals. Sie erschien ihr umso viel schöner als am
Tage zuvor. Eigenartig. „Christian ist eh nicht hier, er schläft
bei seinem Freund und die Mädels kommen auch ohne uns klar.
Lass uns mal alleine gehen." Er nickte zufrieden. „Aber lass
mich erst frisch machen. Vielleicht sollten wir auch reservie-
ren." - „Ja, das ist eine gute Idee."

Als sie in der Küche stand, nahm sie ihren Zettel zur Hand,
zerriss ihn in kleine Schnipsel und warf ihn in den Papiermüll.
Auf ihrem Handy scrollte sie länger herum und fand schließlich, was sie suchte. Sie drückte auf antworten und schrieb:
‚Sehr geehrte Frau Siebert, Sie haben vor längerer Zeit einmal
ehrenamtliche Mitarbeiter für die Schulbibliothek gesucht. Falls
Sie immer noch Unterstützung benötigen, würde ich mich freu-
en, wenn Sie sich kurz bei mir melden könnten. Vielen Dank.
Gruß…'. Senden. Sie schloss die Augen, genoss das Gefühl
etwas Wichtiges erledigt zu haben und fragte sich gleichzeitig,
wieso sie das nicht schon früher getan hatte. Sie untersagte sich
eilig, dieser Frage tatsächlich nachzugehen. Die Liste war weg.
Der Kopf hinkte hinterher.

Vom Keller herauf hörte sie Isabelle rufen: „Mama! Ich su-
che meine Schwimmtasche. Ich hatte da noch eine DVD von
Marie drin. Weißt du wo die ist?! Ich kann sie nicht finden.
Mama!?"

ANHANG

Gründe <u>für</u> das Mehr, raus aus der Familienphase, was Neues wagen:

☐ Prävention gegen Empty Nest Feeling/Depression

☐ Vorbildfunktion für Töchter

☐ Anerkennung

☐ Kinder an Haushaltsaufgaben wachsen lassen

☐ Prävention gegen Alzheimer (Soziale Kontakte)

☐ Abstellen des Gefühls etwas zu verpassen

☐ alles mitnehmen, was das Leben zu bieten hatte (Berufstätigkeit = eine der vielen Speisen auf dem Büffet des Lebens)

☐ Lust auf Neuanfang

☐ Selbstwert entkoppeln von Kinder, an Neues koppeln (Prävention Empty Nest)

☐ Chance Rolle als Frau neu zu definieren, Mutterrolle etwas abgeben (Rollenvielfalt als Bereicherung)

☐ Finanzielle Unabhängigkeit

☐ Jetzt Loslegen: Das Leben ist einmalig und endlich.

☐ Keine Reue am Ende des Lebens es nicht
  getan zu haben
☐ Förderlich für Partnerschaft, neue Ge-
  sprächsthemen (neuer Schwung)
☐ Abstand von Kinder/Haushalt/Ehe
  (ausgeglichene Stimmung)
☐ Mal länger an einer Sache dranbleiben
☐ Stärkung der Vater-Kind-Beziehung
☐ Ehemann hat auch mal Zeit für sich
  alleine
☐ Eigene Stärken als Gewinn für andere
  (als Familie) einsetzen
☐
☐
☐
☐

Gründe <u>für</u> Status Quo beibehalten, Familienphase weiter genießen:

- ☐ Finanzielle Einbußen
- ☐ Kinder brauchen noch jemand, der zu Hause ist
- ☐ Keiner bereut am Ende des Lebens zu wenig gearbeitet zu haben, Erleben von Sinn hängt nicht an Arbeit
- ☐ Alles wird schon erledigt oder gibt es schon, Erleben von Sinn? Gebraucht werden?
- ☐ Entspannte Krankentage, keine Schuldgefühle gegenüber Arbeitgeber
- ☐ Mehr Zeit/Muse für die Kinder
- ☐ Keine vergeudete Lebenszeit mit z.T. sinnlosen Tätigkeiten und Aushalten von schwierigen Arbeitsbeziehungen (Mehr Schein als Sein)
- ☐ Sich für eine Sache entscheiden müssen, vergangene und zukünftige Interessen aus Zeitgründen lassen
- ☐ Aufgabe der Autarkie
- ☐
- ☐

LITERATURVERZEICHNIS

Biddulph, Steve. „Das Geheimnis glücklicher Babys – Kinderbetreuung – ab wann, wie oft, wie lange?", Heyne Verlag, München, 2007.

Bilgri, Anselm und Reider, Georg. „Vom Glück der Muße und der Achtsamkeit" in „Denkanstöße 2016", Piper Verlag München/Berlin, 2015.

Bozkurt, Dilara; Goertz, Wolfram; Holstein, Philipp; Lentzler, Tobias und Schröder, Lothar. „Schöpfkellen voller Glück" in Rheinische Post vom 8./9.04.2017.

Bundesamt für Statistik, „Zeitverwendung in Deutschland 2012/2013" unter https://www.destatis.de/DE/ZahlenFakten /GesellschaftStaat/EinkommenKonsumLebensbedingungen /Zeitverwendung/Zeitverwendung.html (abgerufen am 3.07.2017).

Bundesministerium für Familien, Senioren, Frauen und Jugend. „Kindertagesbetreuung Kompakt-Ausbaubestand und Bedarf 2016". Ausgabe 02, Januar 2017.

Coppola, Sofia, „Lost in Translation", 2004.

Häni, Daniel und Kovce, Philip. „Was fehlt, wenn alles da ist?", orell Füssli Verlag Zürich, 2. Auflage 2015.

Nayhauß, Dirk von. „Verzeihen ist doch viel bequemer" in Chrismon 09.2017.

Statista, „Entwicklung der Lebenserwartung bei Geburt in Deutschland nach Geschlecht in den Jahren von 1950 bis 2060" unter http://de.statista.com/statistik/daten/studie/273406 /umfrage/entwicklung-der-lebenserwartung-bei-geburt--in-deutschland-nach-geschlecht/ (abgerufen am 12.09.2017).

Strelecky, John, „Das Café am Rande der Welt", dtv München, 21. Auflage 2016.

Yalom, D. Irvin. „Existenzielle Psychotherapie", EHP, 5. Auflage 2010.